TONGHUA DAWANG KAIJIANGLE 童话大王开讲3

画眉嘴国王

廖胜根◎编著

上海科学技术文献出版社
Shanghai Scientific and Technological Literature Press

图书在版编目（CIP）数据

画眉嘴国王 / 廖胜根编著. ——上海：上海科学技术文献出版社，2018

（童话大王开讲了）

ISBN 978-7-5439-7568-2

Ⅰ.①画… Ⅱ.①廖… Ⅲ.①童话－作品集－世界 Ⅳ.①I18

中国版本图书馆 CIP 数据核字（2017）第 241137 号

责任编辑：李 莺 苏密娅
封面设计：吕宜昌

丛书名：童话大王开讲了
书　　名：画眉嘴国王
廖胜根　编著
出版发行：上海科学技术文献出版社
地　　址：上海市长乐路 746 号
邮政编码：200040
经　　销：全国新华书店
印　　刷：三河市人民印务有限公司
开　　本：787mm×1092mm　1/16
印　　张：8
字　　数：70 千字
版　　次：2018 年 5 月第 1 版　2018 年 5 月第 1 次印刷
书　　号：ISBN 978-7-5439-7568-2
定　　价：28.00 元

http://www.sstlp.com

目录 CONTENTS

- 1 画眉嘴国王
- 7 鹳鸟
- 12 看门人的儿子
- 16 小克劳斯和大克劳斯
- 21 枞树
- 24 豆荚里的五粒豆
- 28 笨汉汉斯
- 34 小意达的花
- 39 卖火柴的小女孩
- 44 愿望的实现
- 50 快乐人的衬衫
- 55 聪明的兔子
- 58 两只麻雀
- 62 补衣针

- 66　老头子做事总不会错
- 71　金黄的宝贝
- 78　玫瑰花精
- 83　蜗牛和玫瑰树
- 86　穷学生和磨坊主
- 94　驼背矮人历险记
- 99　水孩子
- 102　小乌鸦的故事
- 104　小羊过桥
- 106　龟兔赛跑
- 108　牧羊女与扫烟囱工
- 112　勤劳正直的牧羊人
- 116　蓝色的灯
- 121　牧鹅女

画眉嘴国王

从前,有一位国王,他有一个比仙女还要美丽的女儿,但她傲慢无理,目中无人,因而名声不好。

有一次,国王举行盛大的宴会,邀请了所有希望与公主结婚的男子,其中有国王、王子、公爵和其他一些普通百姓。公主傲慢地从他们身边走过,她用轻蔑的口气说这个像啤酒桶,那个像旗杆,说前一个的鼻子像蒜头,后一个的头发像公鸡。有一位国王,下巴长得有点儿翘,更是成了公主嘲笑的对象:"我的天哪!瞧那家伙的下巴,那么弯,跟画眉嘴一模一样!"

从那以后,这位国王就得了个外号——画眉嘴。国王对自己的女儿这样侮辱求婚者很生气,发誓要把不懂礼貌的公主嫁给第一个上门来的乞丐。

几天以后，一个走街串巷的卖唱人在王宫的窗下唱歌，想讨一点儿施舍。国王听见了歌声，便吩咐侍卫把这个人带进宫来。卖唱人穿的衣服又破又脏，脸上粘满了黑糊糊的东西。他给国王唱了一首歌，然后恳求给他一点儿赏赐。

国王对他说："好，我就把我的女儿许配给你吧。"公主一听，吓得浑身发抖。国王却说："我发过誓，要把你嫁给第一个到这儿来乞讨的人，我必须言而有信。"

国王让卖唱人带走了哭哭啼啼的公主，并对她说："你已经不是公主了，和你的丈夫走吧！"

卖唱人带着公主离开了王宫，来到一片大树林前。公主问："这片树林是谁的？"卖唱人答道："是那位善良和气的画眉嘴国王的。"公主听了，万分后悔地说："要是我嫁给画眉嘴国王就好啦。"

走了一会儿，他俩来到一片绿草地。公主又问："这片美丽的绿草地是谁的？""是那位善良和气的画眉嘴国王的。"卖唱人还是这么回答。公主唉声叹气地说："我要是嫁给画眉嘴国王就好啦。"接着，他俩来到一座大城市。

公主又问："这座美丽的城市是谁的？""是那位好心肠的画眉嘴国王的。"听了卖唱人的回答，公主说："我要是嫁给画眉嘴国王该多好啊！"

"你别总是渴望嫁给别人！"卖唱人说，"我很生气，难道我配不上你吗？"

最后，他俩来到一所很小的房子前。公主大声地问："天哪！这么小的房子，会有人住在这里吗？"卖唱人回答："当然，这是我们的家，我们以后就要住在这里。"

公主掩着鼻子进了小屋，第一句话就问道："仆人在哪儿呢？"

"哪来的仆人呀？"卖唱人说，"你已经不是公主了，凡事都要自己动手。我饿得不行了，快去给我做饭！"可是，公主哪里会生火煮饭呀。卖唱人只得自己动手，他对自己的妻子很不满意。

第二天一大早，卖唱人就叫公主起床，逼着她做家务，但是公主什么也不会做。他又买来一些陶器，让她拿到市场上去卖。

虽然公主很怕被人认出来，但是为了生活，她还是照办了。她把陶器放在集市的一个角落里，刚开始，她的生意还不错。人们见她长得漂亮，都来买她的东西。

有一天，一个喝得醉醺醺的骑兵突然骑马闯进了她的货摊，把所有的陶器踩得粉碎。公主放声大哭，跑回家跟丈夫说了自己的遭遇。她丈夫听了很生气，可也没办法。过了几天，他帮她在国王的宫殿里找到了一个帮厨女佣的差事。

这样一来，公主就成了帮厨女佣，什么脏活儿都要干。公主还在衣服里缝了一个口袋，在口袋里放了一只罐子，每天把残羹剩饭盛在里面，带回家中糊口。

为了庆祝年轻的国王十八岁的生日，王宫举行了盛大的舞会。可怜的帮厨女佣躲在大厅的门后，偷偷地观看。眼前华丽的舞会，让她想起自己的命运，她不禁为自己以前的傲慢悔恨不已。

　　国王身着华美的衣服，正朝大厅走去。他看见了躲在门后的帮厨女佣，于是一把抓住她的手，把她拉进大厅，要和她跳舞。公主认出这个国王正是自己曾经嘲笑过的画眉嘴国王，她羞愧不已，拼命地挣扎。但是，国王还是将她拉进了舞厅。

　　这时，她用来系口袋的带子断了，罐子摔在地上，残羹剩饭洒了一地，空气里充满了肉汤的味道。人们哄堂大笑，说她是个十足的乡巴佬。公主羞愧得恨不能找个地缝钻进去，她低着头，朝门口冲去，想要逃走。

　　在台阶上，公主被一个男子拦住去路，给拉了回来。公主定睛一看，又是画眉嘴国王。这次，国王用亲切和蔼的语气对她说："别怕，你好好儿地看看我，我就是和你生活在一起的那个卖唱人哪！因为我爱你，却又无法忍受

你的傲慢,才乔装打扮,为的是能和你在一起。那个冲进你的货摊,把陶器踩得粉碎的骑兵也是我呀。我做这些,全是为了帮助你改掉傲慢无礼的坏脾气。你会原谅我吗,我的新娘?"

公主又惊又喜,哭泣着对国王说:"我对您太无礼了,不配做您的妻子。"画眉嘴国王安慰她说:"过去的都已经过去了。你已经是个好姑娘了,现在我们就举行婚礼吧!"

话音刚落,大厅里就响起了《婚礼进行曲》,漂亮的公主又回到大家身边。公主的父亲和宫里的人都来了,大家共同祝福公主和画眉嘴国王新婚幸福。

鹳鸟

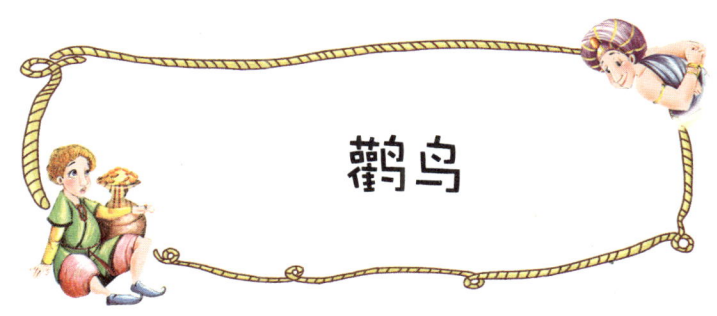

在丹麦一座小城市的一座屋顶上,有一个鹳鸟窠。鹳鸟妈妈和她的四个孩子生活在这里。它们长着小小的头和小小的嘴巴。在屋脊上不远的地方,鹳鸟爸爸直直地站着,像一个威武的哨兵。鹳鸟爸爸想:"我太太的窠旁边有一个站岗的,可真有面子啊。"

在下面的街上,有一群小孩在玩耍。当孩子们看见鹳鸟的时候,其中一个最调皮的孩子唱了一支关于鹳鸟的古老的

歌:"鹳鸟屋上搭个巢,怀中抱着四个小宝宝。老大将会被吊死,老二将会被打死,老三将会被火烧死,老四将会落下来摔死……"小鹳鸟们听了,害怕得缩成一团。鹳鸟妈妈说:"别怕,你们只要不理他们,什么事也不会发生的。"

"我们会那样死掉吗?"小鹳鸟们问。

"不会,当然不会的。"妈妈说,"来,我来教你们练习飞翔吧。这样,我们就可以飞到草地上,飞到小河边。"

"那以后呢?"小鹳鸟们又问。

"以后所有的鹳鸟将全体集合起来,开始秋天的大演习。谁要是飞得不好,将军就会用嘴把它啄死。所以,我们一定要好好地学习。"

"到那个时候，结果会像小孩子们唱的那样可怕吗？"小鹳鸟还是很担心。

"你们应该听妈妈的话。"鹳鸟妈妈说，"大演习以后，我们就要飞到温暖的国度里去，从这儿远远地飞走，飞过高山和树林，到一个叫埃及的地方去。那地方真舒服，人们生活得自由自在。"

那次谈话以后，又一些日子过去了。小鹳鸟已经长大了许多，可以在窠里站起来，远远地向四周眺望。鹳鸟爸爸每天飞回来时总是带回许多好吃的食物，鹳鸟爸爸还给它们讲许多外面的新鲜事情，小鹳鸟们别提有多高兴了。

有一天，鹳鸟妈妈说："听着，现在你们必须学会飞。"四只小鹳鸟只好走出窠来，到屋脊上去。脚下多滑呀，它们忙把翅膀张开来保持平衡。虽然如此，它们还是差点儿摔下去。

鹳鸟妈妈边示范边说："你们要这样，把头仰起来，把脚伸开！一、二！一、二！很简单的。"

这时，小孩子们又走到街上来了。他们又唱起了那首可怕的歌。"我们飞下去把他们的眼珠啄出来吧，他们太可恶了。"愤怒的小鹳鸟们说。

妈妈说："不可以。让他们唱去吧！来，再飞一次。一、二、三！看，这样飞好多了！你们的翅膀最后拍的那一下非常漂亮。明天，妈妈就可以带你们到更远一些的地方去了。"

即使学会了飞翔，小鹳鸟们仍然不高兴。它们私底下计划着："对那几个顽皮的孩子，我们应该好好儿教训一下他们。"在这些顽皮的孩子中，小鹳鸟们最讨厌的就是那个喜欢唱歌来挖苦别人的孩子。

小鹳鸟们决定从这个孩子身上报仇，因为带头唱歌的就是他，而且他一直在唱，唱的声音也最大。小鹳鸟们慢慢长大了，越来越不能忍受听见这样的歌声。鹳鸟妈妈只好准许小鹳鸟们去报仇，但妈妈要求它们必须等到它们一家住在这个国家的最后一天才能采取行动。

"我得先看一看你们在这次大演习中的表现怎么样。"妈妈说道。小鹳鸟们把一切力气都使出来了,每天坚持练习。

秋天到了,所有的鹳鸟开始集合,准备向温暖的国度飞去。在这次大规模的飞行中,这些年轻的鹳鸟表现得很好。"现在,我们要报仇了!"它们说。

鹳鸟妈妈说:"我想出了一个最好的主意。我知道有一个水池,里面睡着许多等待鹳鸟来把他们送到父母那儿去的婴儿。所有的父母都希望能得到这样一个孩子,而所有的孩子都希望有一个姐妹或兄弟。现在我们可以飞到那个池子里去,送给那些没有唱过讨厌的歌或讥笑过鹳鸟的孩子每人一个弟弟或妹妹,而不给那些唱过这种歌的孩子!"

"不给那个带头唱的孩子,"小鹳鸟们都叫出声来,"我们以后都不给他弟弟或妹妹。"

事实上,讥笑鹳鸟的那个孩子后来确实是一个人孤单地生活着。

看门人的儿子

将军家住在第一层楼,看门人一家住在地下室里,他们之间的地位差别很大。可是,他们同住在一个屋檐下,守着同一条街和同一个院子。院子里有一株合欢树,当树开花的时候,将军家的女儿爱米莉就和看门人的儿子乔治一起在树下玩耍。将军夫人对此很不高兴。

一天上午,爱米莉玩火柴的时候,不小心把窗帘烧着了,幸亏乔治及时发现,火才被扑灭了。于是,将军奖给乔治一枚铜币。小乔治把铜币放进了存钱罐,不久他就攒了不少钱。乔治买了一盒颜料,开始画画。他把最开始画的几幅送给了爱米莉,因为他很喜欢她。乔治开始认真学习绘画,爱米莉也开始了自己的学习。

不久，爱米莉生病了，在她养病的时候，乔治画了许多画送给她：有沙皇的花园，有中国的房子，还有挪威的教堂……这些画都非常漂亮。最后，乔治还画了一幅画，叫做《爱米莉的宫殿》。在画中，乔治把其他建筑物中最美好的东西都搬到这座宫殿里来了。

一位伯爵看了这些画，觉得乔治具有建筑师的天赋。他决定帮助乔治，送他到罗马去学习。乔治和邻居们一一道别，也和爱米莉道了别。爱米莉很难过，但最难过的还是乔治。

几年时间过去了，乔治的爸爸去世了，妈妈一个人生活，只有爱米莉经常去看望乔治的妈妈。夏天到了，将军一家被邀请到老伯爵府里去做客。伯爵家的花园布置得非常美丽。"就像是天堂一样！"将军一家称赞道。

在这里，爱米莉和已经成为建筑师的乔治相遇了。乔治已经长成了一个英俊的小伙子，而爱米莉也变成了一位美丽的姑娘。两个人深深地相爱了。

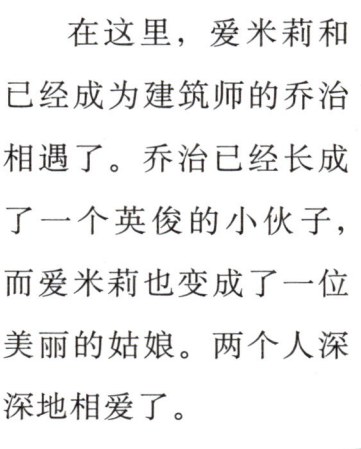

几天后，乔治便向将军请求和爱米莉结婚。将军气愤地拒绝了。虽然遭到拒绝，但是两个年轻人都充满了信心和勇气，阳光、风儿、花草、树叶都在为他们祝福。

又过了不久，乔治被任命为教授，每一个人都在称赞他的成功。爱米莉的生日到了，人们送来了祝福和礼物。乔治虽然没有来，但爱米莉心里只想着他。第二天是将军的生日，人们又送来了许多礼品，其中有一副很舒服、很昂贵的马鞍，只有王子才配拥有它。马鞍上附有一张小纸条，上面写着："一个将军不认识的人敬赠。"将军十分高兴，但大家都不知道送礼的人是谁。又是许多天过去了，一位王子邀请大家去参加化装舞会。

将军化装成鲁本斯,将军夫人扮成鲁本斯夫人,爱米莉扮成普赛克仙女,而她本人也和仙女一样美丽。一个身穿黑衣、戴着面具的人邀请爱米莉跳起了舞。

"他是谁?"将军夫人问道。"是王子殿下!"将军说,"我非常肯定,就是他送给了我马鞍。"将军夫人认出,这个人是乔治。"是王子!"将军坚持说,"他送给了我马鞍,我要邀请他参加我的家宴!"于是,将军走向黑衣人,谦恭地发出了邀请。这时,黑衣人揭开他的面具:正是乔治。"请将军先生重复一遍邀请好吗?"乔治礼貌地说道。就这样,将军举行了家宴。乔治的风度征服了所有的人,也包括将军和将军夫人。

乔治和爱米莉结婚了,当乔治荣升为国政参事的时候,爱米莉就成了国政参事夫人。他们生了三个可爱的男孩,幸福美满地度过了一生。

小克劳斯和大克劳斯

有一个村子里住着两个人，他们都叫克劳斯：有四匹马的那个叫大克劳斯，有一匹马的那个叫小克劳斯。有一次，小克劳斯带着自己的马去帮大克劳斯犁田。小克劳斯快活地挥起鞭子，高兴地喊道："我的五匹马儿哟，使劲儿呀！"

"你可不能这么喊！"大克劳斯生气地说，"因为你只有一匹马！"大克劳斯拿起一根拴马桩，把小克劳斯的马打死了。小克劳斯只好杀了马，把马皮装进一个袋子，准备背到城里去卖。天快黑的时候，小克劳斯路过一个农庄，想借宿一晚，农夫的妻子不愿让他借宿。小克劳斯只好睡在农夫家的屋顶上。

透过天窗，他看到农夫的妻子和乡里的牧师坐在餐桌旁，餐桌上摆着丰盛的酒菜。听见丈夫回来的声音，这女人赶快把那些美味的酒菜藏起来了，牧师也躲进了墙角的箱子里。

好客的农夫无意中发现了小克劳斯，邀请他一起到屋里去。小克劳斯故意把脚下袋子里的那张马皮踩得叽叽响，他对农夫说："哎，这里面有一个魔法师，他已经变出了烤肉、鱼和点心了。"

"好极了！"农夫说，他把大锅盖掀开，发现了藏在里面的那些好菜，还真以为是小克劳斯袋子里的魔法师变出来的。

"他能够变出魔鬼吗？我倒很想看看魔鬼呢，因为我现在很愉快。"农夫说。

"当然！你听见没有？魔法师说，他变出来的魔鬼已经藏在墙角那儿的箱子里了！"

农夫走到墙角，打开箱子，说："是的，我现在看到他了，跟我们的牧师一模一样！"

万分惊奇的农夫用钱买下了那个装有"魔法师"的口袋，然后把那个装有魔鬼的箱子送给了小克劳斯。小克劳斯带着钱和那个大箱子来到一条又宽又深的河边，假装要把箱子丢进河里。藏在箱子里面的牧师吓得大叫："请你放了我吧，我会给你一大笔钱的。"小克劳斯把箱子打开，放了牧师。就这样，小克劳斯又得到了许多钱。

大克劳斯知道小克劳斯靠一匹马得到了许多钱后，急忙跑回家去，把他的四匹马砍死，剥下马皮，也准备拿到城里去卖。他昂贵的卖价遭到了大家的嘲笑，为此他还挨了一顿打。

大克劳斯怒气冲冲地来到小克劳斯家里，把他塞进一个大口袋，准备丢进海里以消心头之恨。

路上，他经过一座教堂，就进去听了一首赞美诗，顺便在教堂里休息了一会儿。这时，有一位想尽快升上天国的白发老人路过这儿。他听到口袋里有动静，便把小克劳斯放了出来。听小克劳斯讲述了事情的经过后，老人立刻钻进了袋子里，还把他的一大群牲口送给了小克劳斯。

不知情的大克劳斯把口袋丢进海里后，高兴地往回走。当他走到一个十字路口时，碰见小克劳斯赶着一群牲口也往回走。

"这是怎么一回事儿？"大克劳斯问，"难道海水没有淹死你吗？"

"不错，"小克劳斯说，"大约半个时辰以前，你把我扔进海里去了。"

"那么，你从什么地方得到了这么多牲口呢？"大克劳斯问。

"它们都是海里的牲口,是海里的龙王送给我的。我要感谢你,是你把我丢进了大海,才使我现在走运发财!"

"啊,你真是一个幸运的人!"大克劳斯说,"假如我也能去海底的话,我是不是也能得到一些牲口呢?"

"我想应该会吧。"小克劳斯回答说。

"不过,我没有力气背你走到海边,假如你自己走到那儿,钻进袋子里去,我倒很乐意把你扔进水里去!"于是两人一起向海边走去。到了海边,大克劳斯很快就钻进了一条大口袋里。"请放一块石头到里面吧,我怕我沉不下去。"大克劳斯说。

"这个你放心。"小克劳斯回答说。他搬了一块大石头放进袋子里,用绳子系紧袋口,将口袋推下了大海。

枞树

在一片郁郁葱葱的大森林里，长着一棵细小的枞树。他直挺挺地站在森林里，大口大口地喝着水，不停地长高长粗，因为他可不想让孩子们叫他"小东西"。

一年后，小枞树长高了许多，可他仍不满足，望着比他更高的大树，他自言自语道："我什么时候才能长成他们的样子呢？到时候就可以伸出更多的枝条去拥抱蓝天了，说不定还有可爱的小鸟在我的头上安家落户呢。"

旁边比他更小的小树听到了，便好奇地问："哥哥，你为什么还想长高呢，难道做一棵小树不好吗？"

小枞树回答说："作为一棵树，唯一的理想就是不停地生长，直到变老为止，那才是最快乐的事情。"

又过了两年，小枞树已经长得很高了。他望着远方，看见有几个伐木工人正在将一棵棵大树砍倒，然后把他们剥个精光，再运走。小枞树见了，有些害怕，赶紧问身边的燕子和鹳鸟："我亲爱的朋友，你们能告诉我那些人把树木运到哪里去吗？"鹳鸟说："我刚从埃及回来，看到许多大船上都装上了许多光亮的桅杆，他们高傲地昂着头，我想那就是他们的归宿吧。"一听到大海，小枞树立即忘却了恐惧，急切地问道："亲爱的鹳鸟，你能告诉我什么是大海吗？假如我也上了那些大船，我该多么威风呀。""哦，那你得亲自去看看，关于大海的事，我也说不清楚。"说完，鹳鸟拍拍翅膀飞走了。

灿烂的阳光听了小枞树的话，劝慰道："可爱的小枞树，尽情享受你的青春吧，享受上天赋予你的生机吧。"然而，稚嫩的小枞树没听懂阳光的话。

不久，圣诞节来了，又有许多大树被伐木工砍倒了。看着那些树木渐渐远去的身影，小枞树问身边的麻雀们："你们能告诉我，他们去哪儿了吗？"

麻雀们唧唧喳喳地争着说："他们去了一个金碧辉煌的地方。在那里，他们被人们挂满了各式各样的礼物，有大苹果、玩具以及我们最喜欢吃的糕点。"

"那以后呢？"小枞树听得入了迷，不停地追问道。

"以后，以后我们就什么都不知道了。"说完，小麻雀一哄而散了。

小枞树心想："看来，被人们装扮成富丽堂皇的样子比在海上航行更为有趣。假如我能长得更高些，我就会被伐木工们选中了。"

到了第二年圣诞节，小枞树终于长成了一棵笔直的大树，他热情地挥舞起枝条，向伐木工们一一致意。最终，他被伐木工们砍倒，拖走了。

当枞树来到一间华丽的客厅时，他如愿以偿地变成了一棵圣诞树，上面挂满了孩子们喜欢的各种礼物。就这样，枞树在欢歌笑语声中度过了一生中最幸福的一天。

然而，好景不长。圣诞节过后，人们便不再理他了，把他扔进了一个冷冰冰的角落。不久，他被仆人们劈成一块块木柴，葬身火海了。

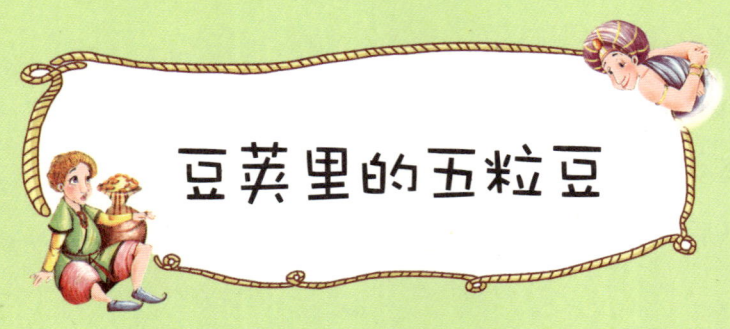

豆荚里的五粒豆

五粒翠绿翠绿的豌豆住在豆荚里，它们整齐地坐成一排，在豆荚里快乐地生活着。

太阳公公笑眯眯地在天上散发着温暖的阳光，把豆荚晒得暖洋洋的；雨姐姐温柔地洒下清凉的雨水，把它们的绿衣服洗得更漂亮了。豌豆们一直住在温暖舒适的豆荚里，现在它们觉得自己应该做点儿事情了。它们急切地盼望着可以去看看外面广阔的世界。

日子一天天过去了。这几粒豌豆变黄了，豆荚也变黄了。"哇！整个世界都在变黄啊！"豌豆们兴奋地说。忽然，豆荚震动了一下，它被摘了下来。最大的那粒豌豆掩饰不住内心的兴奋，激动地说："我们就要出去

了!""我倒想知道,我们之中谁会走得最远!"另一粒豌豆撇撇嘴说。"那一定是我。"其中一粒说。

"啪!"豆荚裂开了。五粒金黄的豆子来到阳光下,躺在了一个孩子的手中。孩子紧紧地捧着它们,他要用这五粒豌豆做弹弓的子弹。

"伙伴们!我要飞向广阔的世界了!来追我吧!"第一粒豌豆愉快地飞走了。"我,"第二粒说,"我要飞到太阳上去。这才像一粒豌豆呢,与我的身份非常相称!"说完,它也飞走了。"我们到了什么地方,就在什么地方睡觉。"其余两粒说。"我没什么特别的想法,我想总有属于自己的生活。"最后的一粒豌豆说。

于是它飞到空中,最后落在一个顶楼窗户下的旧板子上,蹦进一条长满了青苔和霉菌的裂缝里。青苔像一床厚被子,把它裹得严严实实,它安静地躺在那儿。

在这个小小的顶楼上,住着一个穷苦的女人和她生病的女儿。虽然这个女人很勤俭,但她们的日子仍然过得很苦。那个可怜的女孩子不能下床,她每天安静地躺在那张破旧的小床上,仰着苍白的小脸,默默地等着妈妈做工回来。

一个春天的早晨，阳光温和地、愉快地从小窗照射进来，金色的阳光洒满了整张小床。病中的女孩望着窗格上最低的那块玻璃，轻轻地对妈妈说："妈妈，从玻璃旁探出头来的那个绿东西是什么呀？看，它正在风中摆动呢！"

妈妈走到窗子边。"呀！"她惊讶地说，"是一粒小豌豆，它已经长出小叶子了！它是怎样钻进这条缝隙里去的呢？不过真好，有一个'小花园'来供我女儿欣赏了。"

女孩要妈妈把自己的床搬得离窗子近点儿，她好看到这粒正在成长的豌豆。

"妈妈！"女孩高兴地对妈妈说，"你看呀，这粒豆子长得好极了。我也会和它一样，不久以后，我就能起床了，我要走到温暖的阳光中去。"妈妈

微笑着看着孩子,她好久没有这么开心了。妈妈用一根小棍把豌豆苗支起来。她是多么喜欢这棵小小的豌豆苗啊,它让女儿对生活充满希望。在女孩和妈妈的盼望下,这棵小豌豆苗一点点儿地长大了。

一天早晨,女孩醒来后惊讶地发现,豌豆开花了。淡紫色的豌豆花配着嫩绿色的小叶子在阳光中摇曳。生病的女孩看着美丽的豌豆花,她的脸也开始红润起来,嘴角挂满了笑容。一个星期以后,女孩第一次坐在床上,坐了整整一个小时呢!她愉快地和妈妈交谈着,快乐地坐在温暖的阳光里,看着自己"小花园"里那朵盛开的淡紫色的豌豆花。

"我的孩子,这是上帝赐给你的礼物。"妈妈亲吻着孩子,眼角泛着泪光。她们全心全意地欣赏着上帝赐予的礼物,幸福极了。而那粒想飞到广阔的世界中去的豆子,落在了屋顶的水洼里,被鸽子吃掉了;想飞到太阳上的那粒豌豆,落到水沟里,慢慢地腐烂了;剩下的两粒都成了鸽子的午餐。

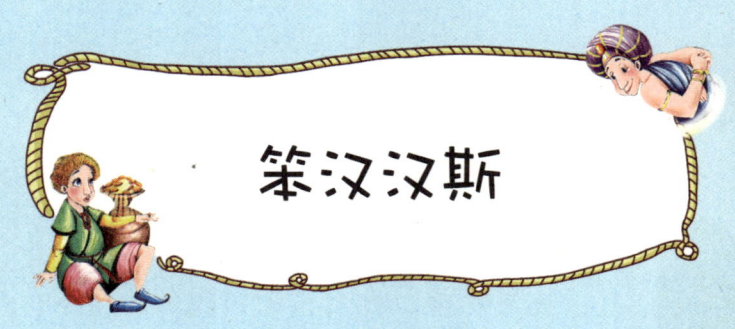

笨汉汉斯

　　一个老乡绅有两个很聪明的儿子。一个儿子能把整本拉丁文字典和这座城市三年的报纸倒背如流，另一个儿子精通公司运营，知道每个政府议员应该知道的一切。

　　这两个聪明的儿子都准备向公主求婚，兄弟俩用了一个星期的时间作准备，都充满信心。老乡绅送给他们每人一匹漂亮的马。那个能背诵整本字典和三年报纸的儿子得到了一匹黑色的马，那个懂得国家大事和经商之道的儿子得到了一匹白色的马。

就在他们要和大家告别的时候,老乡绅的第三个儿子跑出来了。因为他没有多少学问,所以大家都叫他"笨汉汉斯"。

"你们穿得这么漂亮,要去干什么呢?"汉斯问他的哥哥们。"我们要去向公主求婚!"哥哥把整个事情告诉了汉斯。

汉斯听了兴奋地大叫:"我也要去,我也要娶公主回来!"哥哥们嘲笑了汉斯一番,骑马离去了。

汉斯向父亲要一匹马,但是老乡绅只给了他一只山羊,因为他太笨了,不会骑马。

汉斯骑着山羊,哼着欢快的小曲儿,追赶着他的哥哥们。他的两个哥哥正在想着怎样用美妙的词语来打动公主的心,这时听见汉斯在后面嚷嚷着:"喂!我来了!瞧瞧我在路上找到的东西吧!"说着,汉斯把一只死乌鸦拿给哥哥们看。

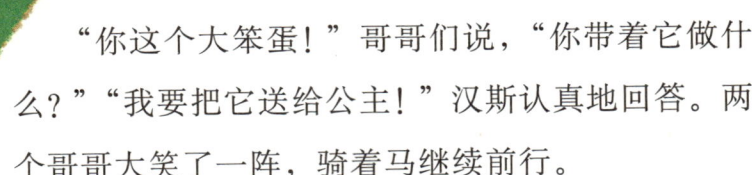

"你这个大笨蛋!"哥哥们说,"你带着它做什么?""我要把它送给公主!"汉斯认真地回答。两个哥哥大笑了一阵,骑着马继续前行。

过了一会儿,汉斯又喊道:"喂,我来了!瞧瞧我现在找到了什么?这可不是随便就能找到的好东西啊!"

兄弟俩转过身来,看他们的傻弟弟又找到了什么"好"东西。"笨汉!"他们说,"这不过是一只旧木鞋,而且鞋面已经没有了。难道你把这也拿去送给公主吗?"

"当然要送给她了!"笨汉汉斯说。两位哥哥又大笑了一阵,继续骑着马前进。

汉斯第三次在身后叫道："喂，我来了！事情越来越好了，我真是太高兴了！"

"你又找到了什么？"两个哥哥问。

"啊，"汉斯说，"这个很难说，但公主一定会非常喜欢的！"他手里握着一摊稀泥。

"呸！"两个哥哥说，"那不过是沟里的一点儿淤泥罢了。""是的，一点儿也不错，"汉斯说，"而且是一种最好的淤泥，你连捏都捏不住。"于是，他在自己的袋子里装满了淤泥。

两个哥哥一路骑马狂奔，来到城下时，足足比汉斯早了一个时辰。他们一到这儿，就各自领到了一个求婚者的登记号码。求婚的人多极了！

不一会儿，轮到了汉斯那位能背诵整本字典的哥哥。他紧张得要命，牙齿紧紧地咬在一起，脑子里一片空白，什么都记不起来了。宫殿的壁炉里燃着很旺的火。

"这里真热呀！"这位哥哥说。"是的，因为我的父亲要烤几只鸭子！"公主说。糟糕！他呆呆地站在那儿，想讲句风趣话来活跃气氛，可是憋了半天，一个字也讲不出来。

"一点儿用也没有。"公主说,"你可以下去了。"这位哥哥只好走开了。

现在,汉斯的第二个哥哥走了进去。

"这儿真是热得可怕!"他已经热得冒汗了。"是的,我们今天要烤几只鸭子。"公主说。"什么?"他傻傻地问。"一点儿用也没有!"公主说,"你可以下去了。"

现在轮到笨汉汉斯了。他骑着山羊径直进了公主的房间。"这儿太热了,我真受不了。"他老实说。

"是的,因为我正在烤鸭子呢。"公主说。

"啊,真的吗?真是好极了!"笨汉汉斯说,"让我也来烤一只乌鸦!"

"欢迎你来烤,"公主说,"不过你用什么来烤呢?我既没有罐子,也没有锅。"

"我有!"笨汉汉斯说,"这儿有一口锅,上面还有一个漂亮的把手。"他取出那只旧木鞋,把那只乌鸦放到里面。

"这足够美美地吃一顿了!"公主的脸上终于有了笑容,

"不过,我们到哪里去找酱油呢?"

"我的袋子里有的是。"笨汉汉斯边说边从衣袋里倒出一点儿淤泥来。

公主开心地说:"你能回答问题,又很会讲话,我愿意你做我的丈夫。不过,你看见那些穿制服的人了吗?他们把你说的每句话都记录下来了,然后在明天的报纸上发表。瞧!那边那个老头就是他们的总管!"

公主想说这些话来吓唬一下汉斯,没想到汉斯却说:"这样说来,他们是想让我出名,我可要把自己最好的礼物送给那个总管了!"说完,他就从衣袋里掏出淤泥,扔在总管脸上。

公主哈哈大笑,说:"你是我今生见过的最聪明的人,我愿意嫁给你。"

就这样,笨汉汉斯成了公主的丈夫、国王的女婿。

小意达的花

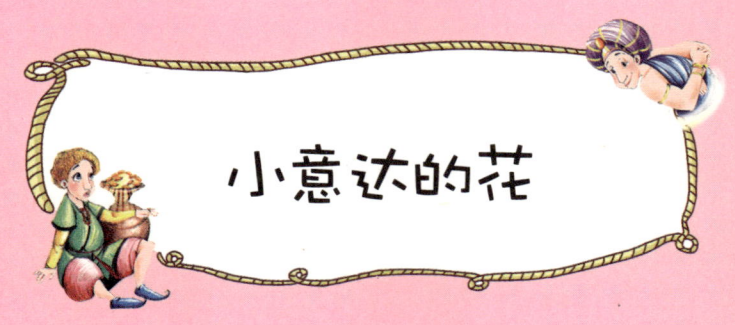

小意达种了很多花儿,可是过了一个晚上,它们全都蔫儿了。"昨天晚上它们还那么美丽,为什么现在全都垂下小脑袋了呢?"小意达问一个学生。"为什么花儿今天都没精神呢?"心急的小意达又问。

学生笑着回答:"因为这些花儿昨晚去参加舞会了,今天它们都累了,就把头垂下来了。""可是花儿并不会跳舞呀。"小意达懂的还不少呢。

"花儿们都会跳舞。"学生认真地说,"天一黑,等我们睡着了,它们就跳起舞

来了。它们每天晚上都要参加舞会呢。"

"小花儿们也能参加舞会吗?"小意达问。

"当然会了,"学生说,"小小的雏菊和铃兰也可以参加。"

"可是花儿们都在什么地方跳舞呢?"小意达问。

"城门外不是有一座大宫殿吗?那儿有一个美丽的花园,里面开满了五颜六色的花。花儿们的舞会就是在大宫殿里举行的。"学生望着远处说,"两朵最美丽的玫瑰花坐在王位上,它们是花王和花后。大红色的鸡冠花就排在两旁,弯着腰行礼,它们是花王的侍从。各种好看的花儿都到齐的时候,一个盛大的舞会就开始了!紫罗兰是小小的海军学生,它们和风信子小姐、番红花小姐跳起舞来。郁金香和高大的卷丹花是老太太,它们负责让大家守规矩。"

小意达奇怪地问:"但是,没有人发现花儿的舞会吗?"

"有时那位年老的守夜人会到那里去,可他带着一大串钥匙,花儿听见钥匙的响声,就会安静下来,躲到长长的窗帘后面。这样守夜人只能闻到花香,却看不见它们。"学生一边比划,一边说。

"这真有趣!"小意达拍着双手说,"那我可不可以瞧瞧这些花儿呢?"

"当然可以"学生说,"你只要朝窗子里看一眼,就可以瞧见它们。你会看到一朵黄水仙花懒洋洋地躺在沙发上,以为自己是一位宫廷的贵妇人呢!"

"其他地方的花儿也可以参加吗?"小意达问,"它们能走这么远的路吗?"

学生说:"能,它们会像蝴蝶一样飞到那儿去。"

"不过,花儿怎么传话呢,它们是不会讲话的呀。"小意达的问题还真不少。

"它们请风传话呀。当风吹过的时候,它们摇摇花瓣,摆摆叶子,就是在说话呀。"学生说。

"居然给小孩子说这样奇怪的事!"一位从这里经过的令人讨厌的宫廷官员说。

不过,小意达觉得学生讲的内容非常有趣。于是,她把累了的花儿放到玩偶的床上，让它们好好儿休息。夜里，小意达怎么也睡不着，总想着花儿的舞会。这时，她听见外面房间传来了舒缓的钢琴声。

"一定是花儿们在那儿跳舞呢！"小意达心想。她悄悄地走到门边，向外面的房间望去。啊，她瞧见的景象是多么有趣呀！

月光从窗子外面照进来，房间里亮得像白天一样。花儿们跳到地板上，把绿色的长叶子连接起来，优美地扭动着腰肢。钢琴旁坐着一朵高大的黄色百合，它那鹅蛋形的黄脸庞忽儿偏向左边，忽儿偏向右边，还不时点点头，和着美妙的音乐击打拍子。白天累了的花儿们都来参加舞会了。小意达的玩偶们也和花儿们一起欢快地跳舞。

这时，客厅的门慢慢开了，进来了好多花儿。领头的是两朵鲜艳的玫瑰，随后进来的是可爱的紫罗兰花和石竹花。大朵的百合花和牡丹花使劲儿地吹着豆荚，把脸都吹红了。蓝色的风信子和白色雪形花发出叮叮当当的响声。蓝色的堇菜花、粉红的樱草花、淡黄的雏菊花、紫色的丁香花都来了！这些花儿愉快地跳了整整一个晚上！最后它们互道晚安，各自回家了。于是，小意达也上床睡觉了，还做了一个甜甜的梦。

第二天起床后，小意达急忙去看那些躺在床上的花儿，可是它们看起来更累了。

"啊！它们都死了。"小意达很伤心。她取来一个纸盒子，把死了的花儿都装了进去。"我要把你们埋在花园里，这样，到了夏天，你们又会开出美丽的花朵了。"小意达说。

然后，她和自己的表弟在花园里掘了一个小小的坟墓。小意达吻了吻这些花，把它们连盒子一起埋进土里。她开始期待着新的花朵了。

卖火柴的小女孩

圣诞节的晚上，一个穿着单薄衣服的小女孩慢慢地走着。天上飘着雪花，寒风呼啸着迎面扑来，真冷啊！可怜的小女孩不能回家，因为她一根火柴也没有卖掉，爸爸一定会打她的。小女孩又冷又饿，可还得继续叫卖。

"卖火柴了！卖火柴了！谁家需要火柴呀？"小女孩用细小的声音叫着，"老妈妈，你买火柴吗？"

"不买，不买，家里还有好多呢！"老妈妈边走边说。

已经整整一天了，小女孩一根火柴也没有卖出去。可怜的小女孩就这样在风雪中不停地叫卖，她已经冻得连话都说不出来了。但是小女孩依然不敢回家，脾气暴躁的爸爸还躺在床上等着用她卖火柴的钱去买酒喝呢。

当她过街时,一辆马车突然冲了过来,小女孩躲闪不及,重重地摔倒在雪地上。她的一只鞋被马车碾坏了,另一只不知道掉在什么地方了。小女孩只好赤着脚在街上走,她裹了裹单薄的衣衫,不停地跺着冻得红红的小脚。

家家户户都亮起了灯,屋里不时传出孩子们欢快的笑声。"要是妈妈活着就好了,我也可以像他们一样有一个温暖的家!"小女孩自言自语。

天色越来越暗,街上的行人也越来越少了。小女孩靠着墙根坐了下来。她把脚缩进裙摆里,这样可以让脚暖和一些;她将手放在嘴边,用力哈着气,但她一点儿也感觉不到温暖。

"点一根火柴吧!那样也许要好一些!"小女孩想。她拿出一根火柴用力地在墙壁上划了一下,火柴点着了。

在火柴的光亮里,小女孩仿佛看到了一个烧得红红的火炉。她赶紧凑过去,想使自己温暖一点儿。可是火柴很快就熄灭了,火炉也不见了。

小女孩又划燃了一根火柴,亮光中,她仿佛来到了一个温暖的饭厅,壁炉里燃烧着旺旺的火,桌子上摆满了许多食物,还有她最喜欢吃的香喷喷的烤鹅。小女孩伸手去抓那些好吃的东西,但是火柴又熄灭了,温暖的房子和好吃的东西从眼前消失了,只有雪花在她身边静静地飘着。

小女孩划燃了第三根火柴。她的眼前出现了一棵美丽的圣诞树,树上挂满了漂亮的礼物,有她最喜欢的玩具小熊。

"哇,多么美好啊!"小女孩刚想伸手去摸摸那棵圣诞树,火柴又熄灭了,圣诞树也不见了。

"我好想见见亲爱的外婆,只有她那么疼我!"小女孩想着想着,又划燃了一根火柴,火光把四周照得明亮极了。

小女孩的眼前出现了外婆慈祥的身影,外婆将小女孩轻轻地搂在怀里。"外婆,带我走吧!我知道火柴一灭,你就会消失的!"小女孩喊了起来。但是,火柴还是渐渐地熄灭了,外婆的影子也越来越模糊。"求求你,外婆,千万别离开我!"小女孩把手里所有的火柴都划燃了,发出了明亮的光。她又看清外婆的身影了:"亲爱的外婆,求求你,别丢下我一个人,带我走吧!"

外婆微笑着看着她,走过来将小女孩紧紧地抱在怀里。小女孩幸福极了,她慢慢地闭上了眼睛,随着外婆轻轻地飞了起来。她们在火柴的亮光中,带着满心的喜悦,慢慢地越飞越高,越飞越远……她们将要飞到一个没有痛苦、没有饥饿和寒冷的地方去。

清晨,新年的太阳升起来了,温暖的阳光照着城市的每个角落,到处都充满了人们的欢笑。

可是在大街的角落里,人们发现了静静躺着的小女孩,她稚嫩的脸上还带着一丝满足的微笑。小女孩在新年的晚上冻死了,手里还拿着一把烧过了的火柴梗。

"她一定想使自己温暖一点儿。"大家都这么说。可是,他们谁也不知道,小女孩曾经看到过多么美丽的景象。

在火柴的光亮中,她带着喜悦和满足,跟随最疼爱她的外婆,去了一个温暖幸福的地方!

愿望的实现

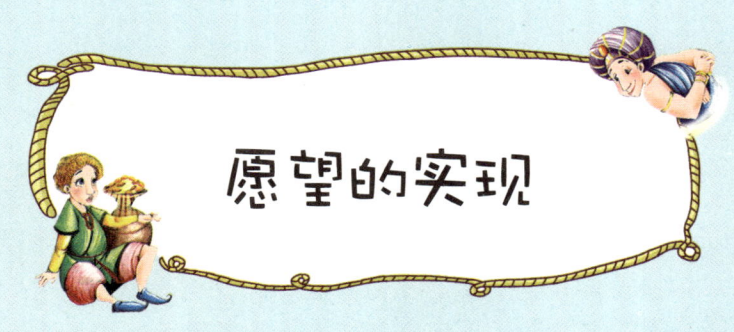

苏巴·钱德拉长得十分瘦弱,他有一个儿子叫苏希·钱德拉。苏希不想上学,经常找各种理由赖在家里调皮捣蛋,闹得整个街坊不得安宁。为此,他的父亲苏巴时常揍他。苏希觉得很不痛快,他常想:"要是从明天起,我有爸爸那么大的年纪,就可以尽情地玩耍了。想干什么就干什么,自由自在的多好啊!"而苏巴也十分恼火,他想:"唉,要是童年的日子能重新回来,我一定整天呆在家里,专心读书,那该多好呀!"

一天,愿望仙子从他们家经过,听到了父子两人的心愿,就走到苏巴跟前说:"你的心愿会实现的。从明

天起,你就会变得像你儿子那么小。"然后仙子又走到苏希那儿对他说:"你的愿望也会实现,从明天起你就会变得像你父亲那样老。"听了仙子的话,父子俩笑得合不拢嘴。

第二天,天刚亮,苏巴惊奇地发现自己真的变小了!掉了的牙又重新长了出来,满脸的胡须也不知去了哪儿,就连穿在身上的睡衣也变得大大的了。

一向一大早就到处吵闹的苏希,今天却还在呼呼大睡。而且他的呼噜还打得越来越厉害了。快到中午了,苏希才高声打了几个哈欠,十分不情愿地起了床。呀!他发现他长高了一大截,穿在身上的衣服紧得快要绷破了,原来一头浓黑的头发变成了白发,下巴上居然还长出了几根花白的胡子。

苏希走出房门,很想蹦一蹦,跳一跳,就走到附近的一棵果树边,想像以前那样爬上去。可是他刚抓住下面的一根小树枝,就"扑通"一声重重地摔在地上。

过路的行人看到这个老头像孩子一样爬树却摔下来时,都哈哈大笑起来。苏希难为情地低着头回到了家。可他不甘心,他想起以前最爱吃的柠檬糖来,就对仆人说:"喂,你去市场给我买些柠檬糖来!"

当仆人给他买来了一大堆柠檬糖,他拿起一块放进了自己那掉光了牙的嘴里时,不知怎么回事,他一点也不喜欢这种孩子们最爱吃的柠檬糖的味道了。他想把这些糖统统给自己变成孩子的父亲吃。但是转念一想,不行,他吃了那么多的糖,肯定又会闹牙痛的!

苏希去找以前常跟他一起玩的孩子们,可是那些小伙伴们看见年老的苏希走来,都躲得远远的。他感到有些寂寞,默默地站着那儿发呆。

第三天早上,变小的苏巴怎么也不想去

上学，苏希生气地斥责他："爸爸，你真的不去上学了？"

苏巴挠着头，哭丧着脸，小声说："今天，我肚子痛，不能去上学。"

苏希恼怒地说："怎么不能去！以前你要我去上学的时候，我也经常这么说，这些把戏我太清楚了！"于是，不由分说，硬是把小苏巴送到了学校。一放学，苏巴急着要回家玩耍。可苏希专挑非常难的算术题给他做。可怜的苏巴做了个把钟头，一道题也没做出来，弄得苏巴"哇哇"大哭。

在饮食方面，苏希也管得非常严。因为他清楚地记得，父亲苏巴年老的时候消化不好，稍微多吃一些就会打嗝，所以他每天给父亲吃得很少。可变得年轻的苏巴胃口好得简直可以吞下一头牛。他被饿得心烦意乱，不久便瘦得只剩下一副骨头架

子了。老苏希还以为他得了什么严重的疾病，忙里忙外地给他吃各种各样的药。

老苏希的日子也越来越不好过。有时，稍稍多走一段路，就会累得上气不接下气，半天缓不过劲儿来。最近他爱感冒咳嗽，浑身酸痛，躺在床上三个星期都起不来。而苏巴有时也忘了自己已变成了小孩子。上课的时候，他常常不自觉地突然对老师大声说："喂，给我一支烟抽！"为此老师常常罚他抄一天的课文。

有时苏巴去理发，他对理发匠说："喂，你这个坏蛋，都这么久了，为什么还不给我剃胡子？"理发匠看着他，没好气地说："你等着吧，再过十年我就给你剃胡子！"

偶尔苏巴生气了还像以前那样抡起巴掌，就狠狠地打自己的儿子。苏希被打后非常生气，说道："让你去读书，你都学了什么？小孩子竟然动手打老人，真太不像话！"

苏巴的烦恼越来越多，他觉得现在的生活真是太痛苦了，忍不住真心诚意地祈祷道："要是我像儿子苏希那么老，那么自由，就可以从这些苦恼中解脱出来了！"

而苏希也烦恼得很，他双手合十，祈祷道："要是把我变成像父亲那样的小孩，我就可以尽情玩耍了。父亲现在顽皮得很，我简直一刻也不得安宁。"

这时，愿望仙子又来了，她问："怎么，你们都放弃了以前的心愿？"

父子俩赶紧说道："求求仙子，把我们变回原来的样子吧！"仙子点点头，飞走了。

第二天早上，苏巴真的变得像原来那么老了，而苏希也变回原来那么小了。父子俩互相看着，满意地笑了。

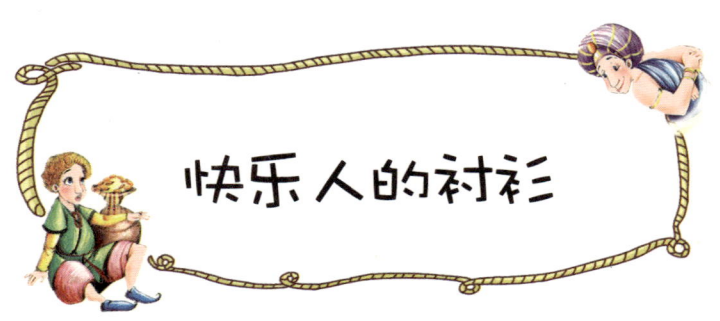

快乐人的衬衫

从前,有一个国王,他有一个独生子,国王非常疼爱他。可这个王子总是闷闷不乐,整天独自站在阳台上,默默地看着远方。

"你还缺什么,我亲爱的儿子?"国王关切地问道。"爸爸,我自己也不清楚。"王子摇了摇头,叹着气说道。"你爱上了什么人吧?你告诉我是哪个姑娘,不论是世界上最强大的国王的女儿,还是最穷困的农家女子,我都可以给你找来。""不,爸爸,我没爱上什么人。"王子仍旧摇着头叹着气说。

国王想方设法让儿子开心,但是王子红润的脸色还是一天一天地变得苍白,人也一天比一天瘦。国王很

着急，招来许多有学问的人，他让大家去见王子，再征求大家的意见。这些人想了想说："陛下，我们研究了星相，必须要找到一个非常快乐的人。这个人，从来没有烦恼，也从来没有奢望，把您儿子的衬衣跟他的交换一下就行了。"

当天，国王就派出使者到全国各地寻找这个快乐的人，只为了让心爱的儿子快乐起来。不久，一个神父被带来了，国王问："你快乐吗？"

"是的，我确实很快乐，陛下。"

"那好，你做我的主教怎样？"

"啊，那太好了！我正求之不得呢！"神父一激动，跪在地上，不住地向国王磕着头说。

"快滚出去！"国王怒吼起来，"一个总想得寸进尺的小人绝不会是真正快乐的人！滚！"

于是,大家不得不重新搜寻。不久,国王听说邻国有一个国王,人们都说他是一个真正快乐的人。他有一个美丽、善良的妻子,而且还有许多儿女。他制服了所有的敌人,现在他的国家既繁荣又富强。满怀希望的国王,马上派使者去向他求讨一件衬衫。

邻国的国王接见了使臣,说:"不错,凡是人们想要的东西我的确都有了。但是总有那么一天,我不得不扔下这一切离开人世。每次这样一想,我就痛苦万分,连觉也睡不好。"

聪明的使者一听,决定还是不带这位国王的衬衣回去为好。国王很烦恼,只好去打猎散心。他开枪射中了一只野兔,以为可以抓住它了,可没想到,野兔一瘸一拐地逃走了。国王奋力追赶野兔,把随从抛在老远。这时,在树林旁的野地里,传来了一

阵动听的歌声。

国王听着，听着，便收住了脚步，心想："这样唱歌的人一定是个快乐的人！"就寻着歌声来到一座葡萄园。国王看见在葡萄藤下，一个小伙子一边修剪葡萄藤，一边唱着歌。

"您好，陛下，您这么早就到乡下来吗？"小伙子热情地问。

"好小伙子，你愿意我把你带到皇宫去吗？你可以做我的朋友。"

"啊，啊，陛下，我一点也不想去，就是让我做教皇我也不去。"

"那是为什么呢？像你这样棒的小伙子……"

"不，不，我跟您说实话吧！我觉得现在的生活很快乐，我很满足。我真的一无所求了。"

"啊！我终于找到一个真正快乐的人啦！"国王想。"听着，年轻人，你帮我一个忙吧！"

"只要能做到,陛下,我一定尽力效劳!"

"等等!"国王高兴地说着,跑去叫那些随从,"快过来!快过来!我的儿子有救了!"接着,他带着随从来到小伙子身旁说:"好小伙子,不管你想要什么我都会给你!但是,你得给我……给我……""给您什么东西,陛下?"

"我的儿子快要死了,只有你能救他。快过来!"国王一把抓住小伙子,想解他外衣的扣子。突然,国王停住了,双手垂了下来。原来这个快乐的人没有衬衫。

聪明的兔子

在一个茂密的大森林里,住着一只兔子和一只狐狸。狡猾的狐狸总想把兔子捉住吃掉,但兔子每次都很聪明地逃脱了,并且每次都把狐狸弄得很狼狈。狐狸心里很记恨,老是盘算着怎么报仇。

有一天,狐狸终于想到了一个办法。它跑到很远的地方找来柏油和松油,用它们做成了一个"油娃娃"。

狐狸将这个油娃娃放在兔子每天都要经过的路上,自己藏在旁边的树丛里,等着兔子上当。一想到可以报仇,还有美味的兔子肉吃,狐狸的口水都要流出来了。

过了一会儿,兔子来了。当兔子跑到"油娃娃"旁边时,停了下来。兔子对"油娃娃"说:"早上好!"

"油娃娃"不理它。兔子又问:"你不舒服吗?""油娃娃"仍然没有反应。兔子生气了,说:"我要教训你这个没有礼貌的家伙!"说完就对着"油娃娃"拳打脚踢。结果,兔子的四只爪子都被粘住了。兔子气极了,大声喊叫着:"你放开我,不然我就用我的头撞你。"说着就用头向"油娃娃"撞去,于是它的头也被粘住了。

这时狐狸走了出来,看着兔子的狼狈样哈哈大笑,笑得肚子都疼了。

当它笑不动了才对兔子说:"平时你总是变着法子捉弄我,嘲笑我,今天看我怎么惩罚你吧。"

兔子全身粘在"油娃娃"身上，只好低声下气地说："狐狸大哥，你把我弄成什么样子都可以，可是千万别把我扔进荆棘丛里。我求你了。"

而狐狸正是想用最毒辣的方法惩罚兔子。兔子越是害怕的事情，它就越想做。于是，它抓住兔子，把兔子从"油娃娃"身上扯了下来，然后用力把兔子扔进了荆棘丛里。过了一会儿，狐狸听见兔子叫它，赶紧跑到小山上一看，兔子正在梳理被柏油弄乱的毛呢。兔子得意地对狐狸说："你怎么忘记了，我是从小就在荆棘丛里长大的呀！"说完，兔子欢快地跑开了。

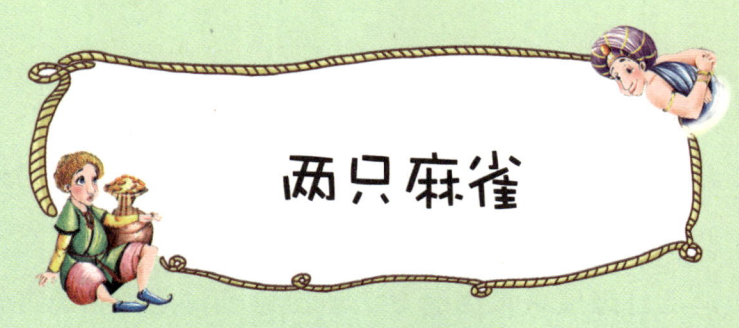

两只麻雀

　　从前有两只麻雀，做什么事都会在一起，无论是悲伤还是幸福，它们都一起分享。它们彼此相亲相爱，从来也没有感到过寂寞和孤独。

　　可是有一天，其中一只麻雀看着无边的蓝天，心中开始渴望能去见识见识广大的世界。它对它的伴侣说："亲爱的，你看这蓝天白云多美呀！我真想去旅行，自由地翱翔在这美丽的天空中，那一定会带给我许多的惊奇。"

　　它的伴侣伤心地说："可是，你怎么能离开我呢，外面的世界很可怕的。相对于外面的世界，你真的非常渺小。想想可怕的鸷鸟、风暴和陷阱吧。亲爱的，请不要走，留下来与我一起生活吧。你走了，我会十分孤独的，我会整夜梦见那些可怕的东西，我会天天担心你的。"

听了伴侣的这些话，要远走的麻雀也很难过。它心疼它的伴儿，因为它爱它。可它心里却又很想离开，它觉得自己如果不能出去，一定会后悔一辈子，永远都不会开心。

它想了想，对伴侣说："你就让我出去见识见识吧。如果我到死都没有见过外面的世界，我会很不开心的。"

它的伴侣哭了起来："可是，你考虑过我吗？你就忍心让我夜夜为你担心？如果你不回来了，那我该怎么办呢？"

那只想旅行的麻雀说："别哭了！这样吧，我只出去三天，一定按时回来。我回来后，在你的翅膀下给你讲我所看到的一切。我会让你觉得好像你自己和我一起去环游过世界一样，好吗？我们以后的生活都可以怀念这段美好的旅行！"它的伴侣终于无奈地同意了。就这样，准备旅行的小麻雀展开了翅膀，自由地在外面的天空中飞翔。

忽然，小麻雀遇上了暴风雨。狂风暴雨猛烈地吹打着它，而在它身下是滔滔的大河，它躲到哪里去呢？哦，幸好附近有一棵枯树。小麻雀急忙躲到了树下，它浑身都湿透了。

终于，暴风雨过去了，灿烂的太阳出来了，这只固执的小鸟没有返回自己温暖的家，而是选择了继续往前飞行。饥饿的它飞呀飞，飞到了一块麦田上空。它忘记了暴雨带给它的恐惧，快乐地向麦田冲了过去，没想到却冲进了网里。它拼命地挣扎，扭伤了一条腿，好不容易挣脱了网，逃离了危险。可它还没来得及查看自己腿上的伤势，更可怕的事情来了——一只老鹰不知道从什么地方飞来了。老鹰向它冲了过来，可怜的麻雀用尽力气发疯似的狂叫。但是，它实在太弱小了，它的尖叫声被老鹰巨大的翅膀振动空气的声音所淹没了。老鹰尖锐的利爪向它

伸了过来。

正在这危急时刻,一只猛鹫向老鹰发动了进攻。

最后老鹰成了猛鹫的食物。我们那只可怜的小麻雀趴在地上,一点力气也没有了。

然而这只受伤的小麻雀的厄运并没有结束。一个在麦田边玩耍的小孩用一块石头打在了它的头上。它的头被打破了,流了血。

小麻雀的翅膀折了,腿断了,脑袋也流血了,不知道它现在是怎样的心情。或许它正在诅咒大千世界的魔力和诱惑,或许它依旧是幸福的吧。因为它的爱人在等着它,它将在那里得到照顾和帮助。有了爱,它就会忘掉一切痛苦和灾难的。

补衣针

在一个富有的家庭里,有一根特别的补衣针,虽然它只是一根用来缝补布袋的针,但它比其他同类更为精细。为此,补衣针有了骄傲的资本,变得自命不凡起来,总以为自己是一根很了不起的针。

有一天,女厨子用它缝补皮拖鞋。它见了女厨子的手指便说:"各位,请务必把我捏紧点儿,你们要是不小心把我弄掉了,休想再找到我,到时候看女主人会怎么收拾你们。"五根手指头听了,害怕极了,它们唯唯诺诺地点点头,赶紧用力

将补衣针捏了个严严实实,生怕它掉到地上,招致女主人的谩骂。

不久,一根细线从补衣针的身体里穿过去了。补衣针见了又闲不住了,它指着身后长长的细线得意地说道:"你们瞧啊,像我这样的千金小姐随时都有护卫跟着我呢。"

然而,手指头告诉她:"尊贵的千金小姐,你身后并不是什么随从啊,那只是一根普通得不能再普通的细线罢了,它的到来只是为了缝补一只旧拖鞋。"

补衣针听了,装出一副镇定自若的样子说:"唉,那只能说明女主人不懂得欣赏我。我这么纤细的身躯,怎么会去缝补一只旧拖鞋呢?那一定会把我折断的。"

谁知,话音刚落,女厨子因用力过猛,竟真的把它给弄断了。为逃避责备,女厨子只得把它别在了一条手绢上,不让主人看到。此时,补衣针欢呼起来,"哇,这实在太美妙了!我居然变成了一根高贵的领针，可以和高贵的人们在一起了。"

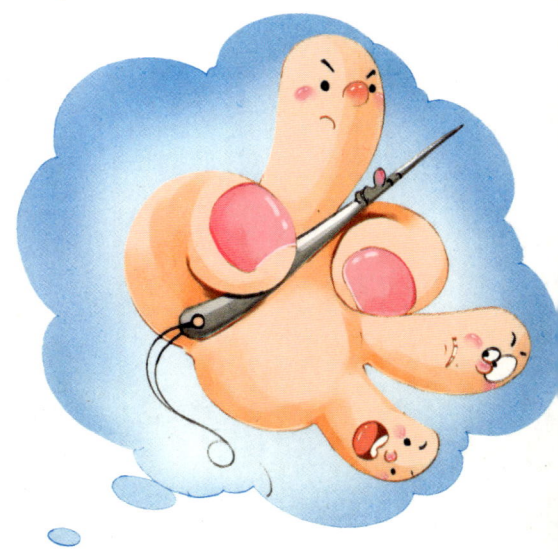

为了让更多的人看到自己，补衣针将身子挺得直直的。没想到的是，由于手绢太滑，补衣针一不小心掉进了污水沟。虽然这里臭气熏天，但补衣针安慰自己说："太好了，我可以随着小溪去旅游了。"

当一个个垃圾从它身边漂过时，它不但不自卑，反而还不停地嘲笑别人是如何丑陋。

有一天，污水将补衣针带到了一个阴森森的角落。在这里，它看到了一块闪闪发亮的东西。补衣针以为自己遇到了钻石，便热情地上前去打招呼。其实那根本就不是什么钻石，只不过是一块碎玻璃碴罢了。"尊贵的钻石，您好呀，虽然我的光芒不能和你媲美，但我的身世足以和你聊聊天。你看出来了吗？我是一根纤细的绣花针，曾住在千金小姐的针线匣里。

"由于女厨子的手指嫉妒我的美丽，它们才狠心地把我弄进了污水沟。"

玻璃碴听了，正要解释自己并不是钻石，而是玻璃碴时，突然一股来势汹汹的大水冲过来，把它给带走了。

补衣针见了，叹息着说："唉，原来高贵的钻石也有嫉妒别人的时候，我只能怪我长得太与众不同了，竟招来如此多的不幸。"

不久后，污水沟边来了几个淘气的孩子。他们将手伸进来，四处寻找着一些有趣的小玩意儿。对于他们来说，哪怕捞到一个废弃的玻璃瓶也足以让他们开心一整天了。

"哎哟！"突然，一个孩子大叫着把手缩回来。原来，他不小心被补衣针狠狠地扎了一下。小孩子生气极了，将补衣针别在一个破鸡蛋壳上扔出去了。这时，补衣针反倒开心地叫起来："太好了，太好了，我终于自由了。"

然而，就在它沾沾自喜的时候，一辆马车驶来，将鸡蛋壳压成了粉末。补衣针这下变老实了，它深深地陷入了地里，再也说不出话来了。

老头子做事总不会错

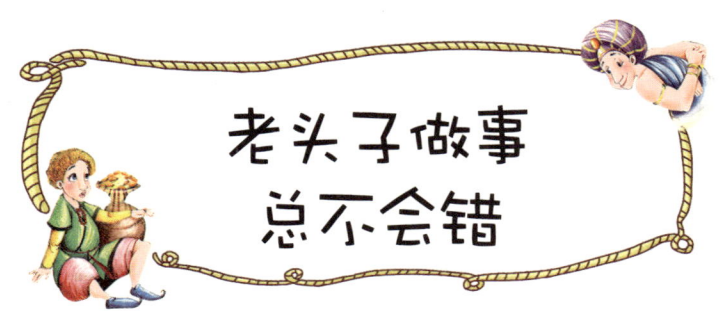

在乡下有一个老农舍,屋顶是稻草扎的,黄泥糊的墙斜向了一边,窗户很低,但是只有一扇可以打开。面包炉从墙上凸出来,像一个胖胖的小肚皮。屋旁有一棵歪脖子柳树,树下有一个小水池,池里有一群小鸭,屋子里还有一只母鸡和一只看家犬。农舍里住着一对年老的夫妇,他们生活得很快乐。

一天,他们决定把自己的马卖掉或者拿它换点儿东西,可是应该换什么呢?

"老头子,你知道得最清楚呀,"老太婆说,"今天镇上有集市,你骑着它到镇上去吧。这件事你来做最好,你做的事总不会错的。"

于是,老太婆替老头子裹好围巾,戴上帽子,把他好好地打扮了一番。老头子高兴地走了。他在路上遇到一个人赶着一头母牛走来,这头母牛很漂亮。

老头子说:"我用我的马交换你的牛吧。你愿意跟我交换吗?"

牵牛的人说:"我当然愿意!"于是,他们互相交换了牛和马。

老头子又向前走,不一会儿又遇到了一个赶羊的人,他牵着一只很健壮的羊。于是,老头子说:"我们交换好吗?"这笔生意也成交了。

老头子继续向前走,又遇到了另一个人,这人赶着一只鹅。"老太婆说过不知多少次她希望有一只鹅!"老头子想,于是他用羊交换了鹅。走了没多久,遇到一个收税人。收税人有一只短尾巴的鸡,老头子用鹅交换了鸡。

老头子又累又饿,就来到一个酒馆门口。他正要进去,店里一个伙计走出来了,这伙计背着满满一袋烂苹果。

"这堆东西可不少!"老头子想。于是,他就用鸡换了一袋烂苹果。老头子走进酒馆坐下来,把这袋苹果靠着炉子放着。"咝咝!"很快就响起了苹果被烤焦的声音。

酒馆里的人都好奇地围了上去,不久,他们就知道了事情的经过。

"你老婆一定会结结实实地揍你一顿!"两个有钱的英国人说。

"我会得到一个吻。"老头子得意地说,"我的女人会说:'老头子做事总不会错。'"

两个英国人不信,就拿出一斗金币与他打赌。于是,他们一起来到了老头子家里。

"我用那匹马换了一头母牛。"老头子说。

"感谢老天爷,我们有牛奶喝了。"老太婆说。

"不过,我又用牛换了一只羊。"

"你想得真周到。我们可以有羊奶、羊奶酪、羊毛袜子了,还可以有羊毛睡衣。"

"我用羊又换了一只鹅。"

"亲爱的,那么今年马丁节的时候,我们就有鹅肉吃了。"

"我用这只鹅换了一只鸡。"

"那么,我们将要有一大群小鸡了。啊,这正是我所希望的。"

"是的,但是我用那只鸡又换了一袋子烂苹果。"

"现在我非得给你一个吻不可。"老太婆高兴地说,"我想今晚给你做鸡蛋饼加点儿香菜,不过我没有香菜,所以我到邻居太太那儿去借,可是她对我说,他们的菜园连一个烂苹果都不结。现在,我可以借给她一袋子烂苹果来换香菜了。"

老太婆说完这话后,就在老头子满是皱纹的脸上重重地吻了一下。

"我们来的真是值得。"那两个英国人齐声说,"一直在走下坡路,还一直很快乐,这件事本身就很值钱。"

他们付给了老头子一斗金币,并且知道了:老头子做事总不会错。

金黄的宝贝

鼓手的妻子来到教堂,她看见安琪儿的头发像金子一样,非常可爱,希望自己将来的小孩也能有一头金发。后来,妻子生下了一个小宝贝。啊!他长了一头红发,样子真像教堂里的安琪儿。"你是我金黄的宝贝。"妈妈开心地说。

孩子到教堂里接受了洗礼,取名为彼得。全城的人,包括他的爸爸,都叫他"鼓手家的红头发孩子彼得",只有他的妈妈叫他"金黄的宝贝"。

彼得是个活泼、快乐的孩子,他的歌声像森林里的鸟叫一样动听。"他可以参加唱诗班!"妈妈说,"站在像他一样美的

安琪儿下唱歌!"

"这只长着红毛的小猫也能唱歌?"人们开玩笑说。

"彼得,你的红头发会把家里烧着的。"街上的孩子们叫喊着。彼得并不生气,仍然高高兴兴地过着每一天。

城里的乐师非常喜欢彼得,主动教他拉琴。彼得很有音乐天赋,爸爸希望他能成为城里的乐师。"我想当一个士兵!"彼得说。他不过是一个很小的孩子,他觉得世界上最美妙的事情就是背一杆枪齐步走,"一二一,一二一",再穿上一套制服,身上佩一把剑。

"啊,你应该学会听军鼓。"爸爸说,"希望你能成为将军!"

"愿上帝阻止他这样吧。"妈妈说。

"我们并不会损失什么呀。"爸爸说。

"我们会损失我们的孩子。"妈妈说。

"他会成为一个将军的!"爸爸说。

"他会变得没有手,没有腿的!"妈妈说,"不,我只要我完整的宝贝。"

战争开始了,彼得上了前线。

"我的金黄的宝贝!"妈妈经常这样念叨着,爸爸虽然在梦中看到他"成名"了,可也认为彼得不应该去参战,而应该待在家里学习音乐。

"红头发!"听到士兵们这样喊时,彼得只是笑笑。

在激烈的战争中,许多士兵都受伤倒下了。彼得没有受一点儿伤,他继续战斗着。

在家乡,鼓手和他的妻子整夜睡不好。鼓手梦见战争结束了,彼得带着一枚银十字勋章回家了。他的妻子却梦见彼得死了,她大声哭起来。

战争结束了,和平到来了。在欢呼声和歌唱声中,士兵们带着胜利的花环回家了。彼得也回来了,

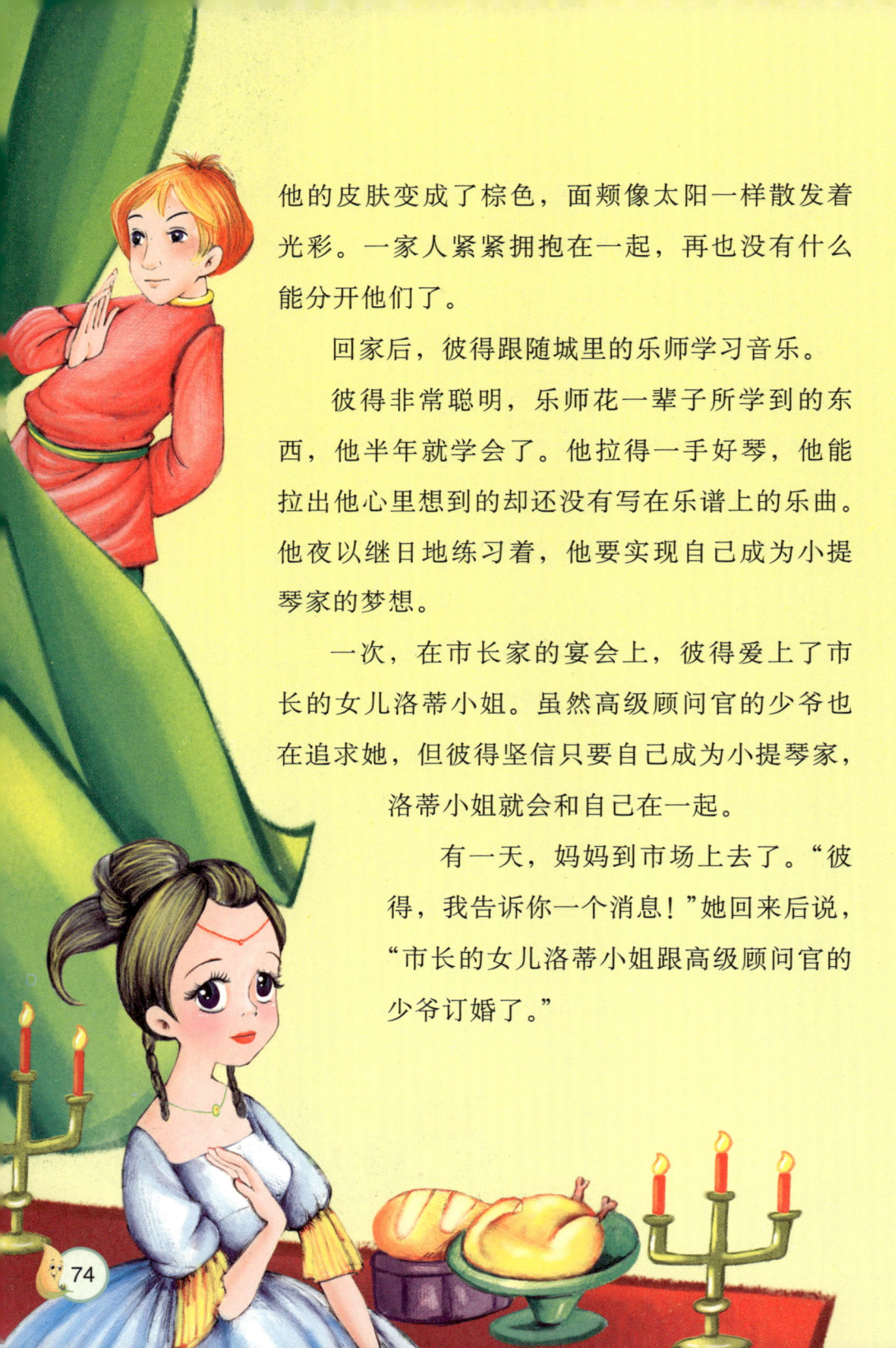

他的皮肤变成了棕色，面颊像太阳一样散发着光彩。一家人紧紧拥抱在一起，再也没有什么能分开他们了。

回家后，彼得跟随城里的乐师学习音乐。

彼得非常聪明，乐师花一辈子所学到的东西，他半年就学会了。他拉得一手好琴，他能拉出他心里想到的却还没有写在乐谱上的乐曲。他夜以继日地练习着，他要实现自己成为小提琴家的梦想。

一次，在市长家的宴会上，彼得爱上了市长的女儿洛蒂小姐。虽然高级顾问官的少爷也在追求她，但彼得坚信只要自己成为小提琴家，洛蒂小姐就会和自己在一起。

有一天，妈妈到市场上去了。"彼得，我告诉你一个消息！"她回来后说，"市长的女儿洛蒂小姐跟高级顾问官的少爷订婚了。"

"我不相信!"彼得大声说,同时从椅子上跳起来,接着又一屁股坐了下去,他的脸变得像蜡一样惨白。

妈妈担心地问:"我的天哪!你这是怎么了?"

他痛苦地说:"请你不要管我吧!"说着,眼泪顺着脸颊流了下来。

"我亲爱的孩子,我的金黄的宝贝!"妈妈和他一起哭起来。

从此,彼得发了疯似的练琴,他终于在另一个城市成为一位有名的小提琴家。妈妈高兴极了,她让所有的人都来看她的金黄的宝贝寄来的信,让所有的人都来读报纸上关于彼得和他的演出的报道。

彼得还经常给妈妈寄钱,因为他的爸爸已经去世了,妈妈现在一个人生活。

"他竟然能为国王演奏!"城里的乐师说,"我从来没有如此幸运过。不过,他是我的学生,他是不会忘记自己的老师的。"

"他爸爸做过这样的梦,"妈妈说,"梦见彼得从战场上戴着银十字勋章回来。虽然他在战争中没有得到勋章,但现在他得到了荣誉十字勋章,这可是更难得到的。要是他爸爸仍然活着,看到这一切该有多高兴啊!"

"他成名了!"城里的人都这样说。那个鼓手的红头发的儿子彼得成名了,他们亲眼看见他小时候穿着一双木鞋跑来跑去,他还参加过战争。现在,他成名了!

"在他没有为国王拉琴之前,就已经为我们拉过了!"市长太太得意地说,"那个时候他非常喜欢我的女儿洛蒂。他一直是个不错的年轻人,但他爱上了我的女儿,这实在荒唐极了!我的丈夫听到这件傻事的时候,他哈哈大笑。现在,我们的洛蒂可是一个高级顾问官的夫人了!"

彼得虽然是一个穷孩子,可在他的心里藏着一种催人前进的力量。这种力量激励着他,让他的音乐充满激情。

"他真是可爱极了!"少妇们、老太太们都这样形容这位受欢迎的小伙子。其中一位最老的妇人弄到了一本收藏名人头发的纪念簿,只为了向这位年轻的小提琴家求得一小绺红色的头发。

彼得又回到了自己那个简陋的房间。他现在漂亮得像一位王子，快乐得像一个国王；他的眼睛明亮得像星星，他的面颊光亮得像太阳。彼得对房间里的每件旧家具点点头，对装茶碗和花瓶的碗柜点点头，还对小时候睡过的睡椅点点头。

最后，他对年迈的妈妈说："在今天这样的场合，爸爸肯定会敲一阵子鼓的。现在就由我来敲吧。"于是，他敲起一阵雷鸣般的鼓声。

"我是多么荣幸啊。"鼓儿自豪地说，"我想，他的母亲也会为她的金黄的宝贝开心的。"

这就是那个金黄的宝贝的故事。

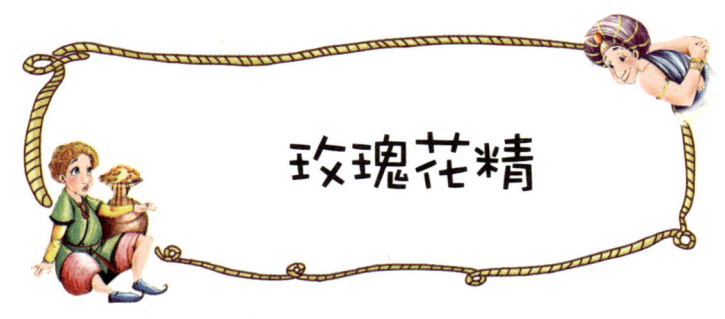

玫瑰花精

在玫瑰园最美丽的玫瑰里，住着一个小小的玫瑰花精，一般人都看不到他。他拍着透明的翅膀，在温暖的阳光中，一会儿飞向这朵花，一会儿又飞向那朵花。天气渐渐变冷了，露水落了下来。可爱的玫瑰花精忘记了时间，他急急忙忙赶回家一看，玫瑰们都合上了花瓣，他进不去了。这可怎么办呢？

这时，他想起在花园的另一端有一个花亭，花亭里长满了美丽的金银花。"我可以飞到那里，钻到金银花的花瓣里，美美地睡上一觉。"于是，玫瑰花精飞到了花亭。

花亭里有一个英俊的少年和一个美丽的少女。此刻，他们正在悄悄地诉说着彼此的爱恋。"我们不得不分开一阵，"那个年轻人痛苦地说，"你的哥哥不喜欢我们俩在一起，所以他要我翻山过海，到一个遥远的地方去办一件差事。他向我承诺，如果我能顺利地完成，便答应我娶你为妻。亲爱的，等我回来吧，我未来的新娘。"

美丽的姑娘哭了，同时送给他一朵玫瑰。她在把这朵花送给年轻人以前，在上面吻了一下。她吻得那么诚恳，那么热烈，花儿竟然自动张开了。玫瑰花精赶快飞了进去，把头靠在那些柔嫩的、芬芳的花瓣上。他感觉这朵花被贴到了年轻人的心上——这颗心跳动得多么厉害啊！

　　虽然是在熟悉的玫瑰花里，但小小的花精怎么也睡不着，因为那颗心实在跳得太厉害了。年轻人告别了姑娘，一路上都亲吻着这朵玫瑰。突然，路上出现了一个人，他就是那个美丽姑娘的坏哥哥。坏哥哥拔出一把匕首，把年轻人刺死了，还把他的头砍下来，和他的身体一起埋在菩提树下。

　　坏哥哥以为他做的坏事没人知道，却没料到玫瑰花精早

已从玫瑰中飞出来,悄悄地飞进他的帽子里,跟着他在天亮的时候回到了家。坏哥哥弯下腰,看着熟睡的妹妹,发出一声只有恶魔才能发出的笑声。

这时,他头上的玫瑰花精悄悄地落在妹妹身上。坏哥哥也累了,他准备好好儿地睡上一觉。玫瑰花精看见坏哥哥离开了,走到正在熟睡的姑娘耳边,把姑娘叫醒,告诉了她事情的真相。姑娘偷偷地离开屋子,来到树林里,来到菩提树下,挖开泥土,年轻人的尸体露出来了。看着心爱的人,姑娘的眼泪像雨水一样落下来。

姑娘把年轻人的头包起来,折了一支盛开的素馨花枝,把它们一起带回了家。她把年轻人的头放在一个大花盆里,盖上

土，然后栽上了这支素馨花枝。她呆呆地望着花盆，泪流满面。每天，可怜的姑娘总是站在花盆旁边流泪。而那个恶毒的哥哥却天天咒骂她。不久，姑娘因为悲伤过度死去了。

在姑娘死去的第二天，素馨花枝开出了大朵大朵洁白的花，散发出扑鼻的香气。坏哥哥十分喜欢这盆素馨花，就把它搬到了自己的床头，玫瑰花精也跟着一起去了。他从这朵素馨花上飞到另一朵上，因为每朵花里都住着一个小精灵。玫瑰花精把坏哥哥的恶行告诉了他们，希望他们能为年轻人报仇。

素馨花们听了，爽快地答应了："放心吧，我们一定会如约而至的。我们就是从那个年轻人的嘴巴和眼睛里长出来的，为主人报仇是我们应尽的职责。"

素馨花的回答让玫瑰花精很开心。于是，他又把这件事情告诉了蜜蜂。蜂后决定，第二天早上率领她的大军前来蜇死这个恶毒的人。

这天晚上，哥哥睡着后，他床头的素馨花全都开了。花的灵魂带着毒剑，从花里走出来，钻进他的耳朵，让他做了许多噩梦；又飞到他的嘴唇上，用毒剑刺他的舌头。

　　"我们要为可怜的年轻人报仇！"他们说完，就飞回素馨花的白色花朵中去了。

　　第二天早上，玫瑰花精和蜂后带着一大群蜜蜂飞进来，想要蜇死坏哥哥，发现他已经死了。人们都说，是素馨花的香气把他熏死的。只有玫瑰花精知道，是花儿们报了仇。蜂后带着整群的蜜蜂围着花盆，有人想驱散他们，把花盆拿走。这时，一只蜜蜂把这人的手蜇了一下，他手一松，花盆落到地上，摔成了碎片。大家看到了埋在里面的白色头骨，这才明白，坏哥哥原来是一个杀人犯！

蜗牛和玫瑰树

　　花园的四周是一圈榛子树,它们长得像一排篱笆。榛子树的外面是田野和草地,有许多牛羊在那儿悠闲地吃草。花园里有一株开满鲜花的玫瑰树,树下住着一只蜗牛。

　　蜗牛对玫瑰树说:"哼,等着吧!我才不要像你们这样开花、结果!我要做更多的事情,我要作更大的贡献!"

　　玫瑰树笑着回答说:"好的,我期待着你的贡献。但是请问一句,你什么时候能作出更大的贡献呢?"

　　蜗牛慢吞吞地说:"我呀,得慢慢来,我才不像你,总是那么着急。俗话说:'好事多磨'。"

第二年，蜗牛仍然躺在玫瑰树下面懒洋洋地晒着太阳。玫瑰树已经绽开了玫瑰花蕾，既美丽又新鲜。

蜗牛探出脑袋看看美丽的玫瑰树，嘴里说："哼，年年都一样，玫瑰树还是在开它的玫瑰花，再没什么新招了！"于是又缩回自己的壳里，那就是它的家。

冬雪融化，又一年过去了。玫瑰树抽枝吐芽，蜗牛也爬出来了。"哈哈，"蜗牛大笑，"你看你已经成了老玫瑰树了，你大概快死了吧？你这一辈子都在开花，把花展现给这个世界，可你自己得到了什么呀？"

玫瑰树惊讶地说："这个我倒没有想过，不过我很喜欢开花。温暖的阳光，甘甜的雨水，还有凉爽的微风和鸟儿的歌唱，这一切都让我很快活。我感觉到泥土在不断地给我提供能量，我感到满足和幸福，所以我在欢乐中开花，这是我的生活呀！"

蜗牛听了，有点儿不高兴地说："你的日子过得倒还不错。"

玫瑰树快乐地摇了摇自己的叶子说："是的，我觉得我拥有一切。但是和你比起来，这还是微不足道的。"

"我?"蜗牛抽动了一下自己的触角说,"这个世界跟我没关系,我不会费神去想那些问题的,我只要过我自己的生活就行了。"

"什么?"玫瑰树难以置信地说,"你得到了那么多,就没有想过要回报世界什么吗?"

蜗牛怒气冲冲地说:"回报?我凭什么要回报?这个世界和我没关系,我就住在自己家里,这就是我全部的生活!"说完,蜗牛又缩回自己的屋子里去了,还重重地关上了门。

"真叫人伤心!"玫瑰树说,"不过,我还是觉得很幸福。我看到一位主妇把我的花夹在一本书里,还看到一位漂亮的姑娘胸前别着我的另一朵花。这是多么让人满足和骄傲啊!这才是真正的幸福!"

玫瑰树天真无邪地开着美丽的花,装扮着这个世界。

蜗牛还是缩在它的壳里,它和这个世界没有任何关系,也没有谁会记得它。

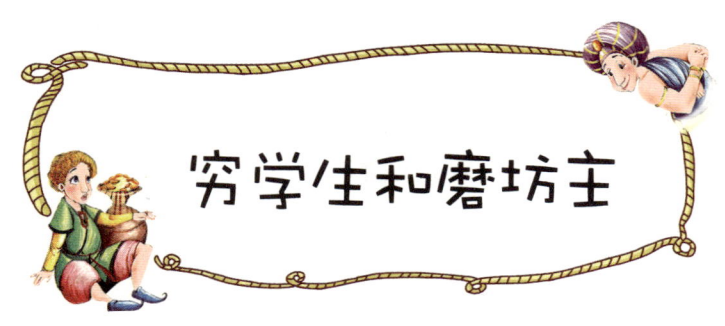

穷学生和磨坊主

从前，有一个好学的穷学生。听说到巴黎可以学习到很多知识，他就一直非常希望能到巴黎去见识一下。于是，他变卖了父母临死前留下的几亩贫瘠的土地和一间破旧的茅草房，并且还向亲戚借了些钱，终于凑够了去巴黎的盘缠。

一路上，穷学生非常节约，他每天只吃临走时邻居送给自己的几个馒头。到了晚上，他也不住店，找一个能靠一靠的地方就睡觉了。每天天刚蒙蒙亮，穷学生就开始赶路，直到天黑得什么也看不见时，他才停下来。

就这样,两个月后,穷学生终于来到了巴黎。他一路询问,拜访了好多著名的学者。那些学者也很欣赏穷学生的才华,常常和他讨论问题到深夜。又是两个月过去了,穷学生学习到了很多东西,他感到非常地满足。

"真是不虚此行啊。"穷学生常常这样感叹道,"巴黎真是一个学问的大宝库。"

不久,穷学生带来的钱就已经用完了,他没有办法继续待在巴黎了,只好恋恋不舍地离开了。

穷学生一个人走在回乡的路上,他的身上没有一分钱,一整天都没有吃任何东西,每走一步都很辛苦。太阳快下山时,他走到了一座磨坊前。

穷学生轻轻地敲了敲磨坊的门,礼貌地问道:"请问有人在吗?"

"你是谁?到我家来干吗?"一个女人打开了门,粗暴地吼道。

"您好，太太。"穷学生急忙解释说，"我是外出求学的学生，我刚好路过您家的磨坊。您看，天色这么晚了，我也不能再赶路了，请问，我可以在您家借宿一晚吗？"

"去去去，走你的路吧。我们当家的现在不在家，我不会接待任何人的，更不用说你这样的穷叫花子了。""砰"的一声，那女人重重地关上房门，把穷学生关在了外面。

穷学生累得实在没有力气再继续赶路了，只好靠在磨坊外的墙角里休息。过了一会儿，一个男仆背着两坛酒进了磨坊。光是闻闻那风中的香气儿，穷学生就知道那一定是两坛上好的美酒。

又过了一会儿，一个女仆把一块大蛋糕搬进了屋子。蛋糕的奶油香味钻进穷学生的鼻孔里，他的肚子马上就咕咕叫起

来。看来，他的五脏六腑已经闹起革命来了。穷学生还看见那女仆从烤肉架上取下一块肥得滴油的烤猪肉，他只得在墙角下叹气。

这时，隔壁一个肥得像猪一样的女人径直走进了磨坊。"唉！"穷书生叹气道，"看来，她们俩要好好地吃一顿了。"刚说完，他就听到一阵马蹄声从远处传来。

原来是磨坊主回来了。他大声喊道："年轻人，你为什么要躺在这里呢？难道你生病了吗？"

"暂时没有，先生。"穷学生忧伤地说，"我只是个赶路的穷学生，走到这里时，又累又饿，实在走不动了。可是这家的女主人并不同意我在这里借宿一晚，我只好躺在这里了。"

"这个该死的女人!"磨坊主跳下马,拉着穷学生的胳膊说,"走,这是我的家,一切由我做主。你今晚尽管放心地住在这里。"

磨坊主的老婆听到丈夫的脚步声,急忙把那些蛋糕、烤肉、美酒藏了起来,肥邻居也飞快地跑到猪圈里躲起来了。等一切都整理妥当后,磨坊主的老婆才把门打开。

"喂,这么久才开门,你在搞什么鬼呀。"磨坊主对老婆说道,"你给我听着,我带来一个想借宿的年轻人。他很累也很饿了,家里有什么好吃的,你赶快拿来。然后去给他铺床,记住,多铺一点稻草,那样才会暖和、柔软。"

"真是太不巧了!"磨坊主的老婆煞有介事地说,"家里连一片面包也没有了。我以为你明天才回来,什么都没准备呢。"

"那你现在就赶快去准备。"磨坊主说。磨坊主的老婆不情愿地离开了。

磨坊主和穷学生开始闲聊起来。"原来你刚从巴黎求学回来啊。"磨坊主高兴地说,"那你一路上一定有很多收获了。选几个精彩的讲给我听听吧。"

"好啊。我今天就遇到了一件很有趣的事情呢。"穷学生开始讲起来。

"刚才,我路过田野时,看见一大群猪,领头的那头猪真肥啊,整个身体圆滚滚的,一跑起来,全身的肉都在抖动呢。我看你家女仆今晚做的烤肉八成就是那头猪身上的。"

"怎么？老婆，你今天烤肉了？但你刚才怎么说家里什么吃的也没有呢？"磨坊主生气地责问道。

"哦，我想起来了，是有一些烤肉。"说着，磨坊主的老婆只有去把烤肉端过来给年轻人吃。

"后来，我看见一匹狼猛扑了过去，那速度就跟今天送酒到你家的男仆一样快。"穷学生继续道。

"怎么？老婆，你今天还买了酒？还不拿过来。"磨坊主更加生气了。

穷学生又说："于是，我顺手捡起一块大石头向狼扔去，那石头的大小就跟你们家今天烘的蛋糕一样。"

磨坊主的老婆听着穷学生的故事，越听心里越紧张。还没等磨坊主问，她就主动承认道："你看我今天都忙糊涂了，把家里准备好的东西都忘了。我马上去把蛋糕拿过来。"

"然后呢?"磨坊主好奇地问穷学生。

"后来,狼恶狠狠地看着我。正当我不知道该怎么办才好的时候,来了一位胖大嫂,她是你们的邻居,是来你们家吃喝的。现在,她正躲在你们家的猪圈里呢。"穷学生忍住笑说。

"好呀,老婆!你竟然背着我跟隔壁的懒婆娘大吃大喝。"说完,磨坊主拿起一根粗棍子冲进了猪圈,把胖大嫂狠狠地教训了一顿。胖大嫂赶忙逃跑了。随后,磨坊主又把老婆骂了一顿,他说道:"你给我听着!以后不准再和隔壁的懒婆娘偷吃东西。但是,对于借宿和乞食的路人,你要仁慈地对待他们……"

说完,磨坊主请穷学生一起享用了一顿美味的晚餐。

驼背矮人历险记

从前，有一个前面是鸡胸，后面是驼背，还长了个鹦鹉鼻和翘下巴的小孩子，他的名字叫波利希内拉。虽然波利希内拉长得不好看，但他是个很聪明的孩子。刚生下来不久，他就会翻筋斗，做鬼脸了，经常逗得爸爸妈妈捧腹大笑。说来也怪，波利希内拉长得还特别快，出生才六个星期，看上去就已经像十五六岁的孩子了。

"爸爸，给我买头驴吧。我要带您和妈妈到王宫里去住。"一天，波利希内拉突然对爸爸这样说道。"呵呵，孩子，你还小，不会骑驴。爸爸以后再给你买吧。"爸爸觉得波利希内拉在说笑话，想敷衍过去。可是波利希内拉一直拉着爸爸不放，央求着要一头驴。最后，爸爸没办法，只好给他买了一头驴。

谁知道，波利希内拉真的领着爸爸妈妈走上了通往王宫的路。

一路上，大家都觉得波利希内拉长得很奇怪，围着看热闹。国王听见了外面的吵闹声，也赶紧跑到阳台上去观看。他看见波利希内拉身着半边红半边黄的紧身上衣，脚上登着朱红的木屐，头戴金色的高礼帽，跨坐在驴子上，真像一个马戏团的演员。于是，国王命人把波利希内拉领到皇宫里。

"陛下，我愿意为您表演骑在驴背上走钢丝。"波利希内拉说。"太好了！那一定很精彩！你准备什么时候表演呢？"国王高兴地问。

波利希内拉不紧不慢地说："只要国王为我提供必要的条件，随时都可以表演。"

"那没问题,六点开始表演吧。"国王说。然后,他告诉总管为波利希内拉准备好所有必要的条件。

到了晚上,皇宫前已经立起了两根六十英尺(1英尺=0.3048米)长的柱子,柱子之间拉上了波利希内拉要走的钢丝。那钢丝距离地面五十一英尺,让人看了都头晕。皇宫里来了很多人看表演,有大臣、王妃、王子、公主、侍女……总之,一切听说了波利希内拉要骑着驴走钢丝的人都赶来了。大家纷纷议论着,期待精彩表演的时刻赶快来临。

表演的时间终于到了。波利希内拉通过一把长梯子爬到了其中一根柱子上。"总管先生,"波利希内拉对下面的总管大声说,"我马上要表演了,请你赶快把驴子给牵上来。"

"什么?"总管顿时傻眼了。那么高的柱子,一头驴子怎么爬上去呀?

"快点呀。"波利希内拉催促道。

"你这不是存心愚弄我吗？驴子怎么会爬柱子呀？"总管生气地说。

波利希内拉耸耸肩膀说："陛下，我只负责走钢丝，牵驴子的事情我可不管。当初您可答应过我，给我提供一切必要条件的。我的天啊，把驴子牵上来可是我最需要的东西呀。"

"哈哈哈哈！"看台上所有的人都笑了起来，国王也笑得合不拢嘴了。

"总管，这下就看你的了。"国王对总管说道。

"这个，陛下……"总管很气恼，可是又不敢违抗国王的命令，他只得把驴子往梯子上牵。驴子哪里会听总管的话，在地上又叫又跳，国王和观众见了笑得更大声了。

这时，波利希内拉敏捷地从柱子上爬下来，牵着驴子跪到国王面前，请求他的原谅。虽然国王被他骗了，却非常喜欢他的聪明机智。"因为你为我们带来了快乐，所以我可以饶恕你。"国王说，"但是，你必须帮我摆脱眼前的困难。"

原来，几年前，国王为了得到黑人国的帮助，答应等公主长大后，把她许配给黑人国的国王。可是，公主那么漂亮温柔，黑人国国王却是出了名的丑陋粗暴，这是一桩不般配的婚姻。就在前一天，黑人国国王亲自来要人了。

"当时黑人国国王许诺过什么吗？"波利希内拉问。"他说，作为礼物，他将送一双鞋子给新娘。鞋子的材料由公主定，随便要什么都可以。"国王说。"太好了。我现在就去见黑人国国王。"随后，国王就派人带波利希内拉去驿馆见到了黑人国国王。

"尊敬的国王陛下，"波利希内拉说，"非常高兴您来迎娶公主。不过，按照约定，您还需要送公主一双鞋子吧？""哈哈，当然。"黑人国国王笑着说，"公主想好用什么材料了吗？""公主非常喜欢您那黝黑的皮肤，她想用您的皮肤做鞋子，您看……"还没等波利希内拉说完，黑人国国王就一阵风似的逃走了。

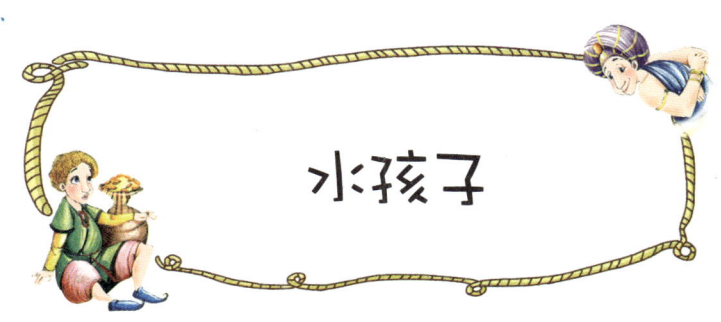

水孩子

在英国北方的一个大城市里，住着一个扫烟囱的小男孩，名叫汤姆。

汤姆很可怜，他从小就没有父母，被一个叫格里姆斯的恶棍雇用，做了他的仆人，受尽他的虐待。

汤姆每天的工作就是扫烟囱，他整天在烟囱里爬上爬下，清扫烟尘。师傅格里姆斯经常打骂他，但他仍无忧无虑，十分快活。

一天，汤姆和格里姆斯一起去哈索沃庄园扫烟囱，路上他们遇到了仙女，她非常同情小汤姆，决定帮助他。

在大庄园里清扫烟囱的时候,汤姆在黑黑的烟囱里迷路了,一不小心就掉到庄园主的小女儿艾莉的卧室里。

艾莉见有人从洞里钻出,吓得尖叫起来。大家以为来了盗贼,便一同追赶汤姆。

在仙女的暗中保护下,汤姆逃进森林,甩掉了追赶他的人们。

最后,汤姆一不小心掉到了河里。但他并没有死,而是变成了水孩子。

一天,艾莉在海边看到了水孩子汤姆的身影,她想看个仔细,不料脚下一滑,也掉进了河里。

就这样,艾莉也来到汤姆的海底世界,同样成了一个水孩子。

艾莉非常纯洁、善良,因此仙女给了她特殊的奖励:星期天她可以离开别的水孩子到一个奇特的地方去。

汤姆十分渴望和艾莉在一起,但他必须先从地狱里救出囚禁在那里的师傅格里姆斯,这样才能和艾莉一起走。

仙女委派知书达理的艾莉做汤姆的老师,教他读书,学习礼节。

在这里汤姆渐渐改掉了许多坏毛病,他也变成了一个纯洁、善良的好孩子。

这时候,仙女对汤姆说,如果他想成为一个真正的男子汉,就必须出去闯世界,找到格里姆斯,把他也改造成一个好人。

于是,汤姆决心到遥远的地方去寻找正在受难的格里姆斯,他要用自己的行动感化他。

汤姆一路上历尽千辛万苦,游历了许多奇怪的国家,碰见过许多奇怪的人们。最后,他终于找到了师父。

汤姆帮助格里姆斯改正了过去的坏毛病,同时他自己也成为了一个热爱真理、正直、勇敢的人。

现在,汤姆可以和艾莉永远在一起了!

小乌鸦的故事

蔚蓝的天空中，飞行着一只小乌鸦，它正背着简单的行囊出门远游呢。虽然它和别的同类一样有着黑漆漆的羽毛和不怎么动听的嗓音，但是它却是一只特别的乌鸦。因为，它从小就有一个心愿，就是要飞出自己生长的那个树林，像天鹅那样到很远很远的地方去看一看、瞧一瞧。

在它准备出发的前一天，它去和邻居告别，有的以为它生病了在说胡话，有的敬佩它志向远大，更多的是在等着看它狼狈归来时的笑话。

清晨，第一缕灿烂的阳光射进了树林，给大地铺上了一床漂亮的亮点地毯。但是，小乌鸦来不及欣赏这幅美景了，它锁好家门，拉拉背包，深深吸了一口气，"呼啦"一声飞了起来，飞出了树林，飞上了蓝天。

它从来没有飞过这么远的距离，虽然两只翅膀越来越沉重，喉咙像冒了烟一样，但是一路上不断出现的新鲜事物还是给了小乌鸦许多勇气。实在渴得太厉害了，小乌鸦才开始寻找水源。

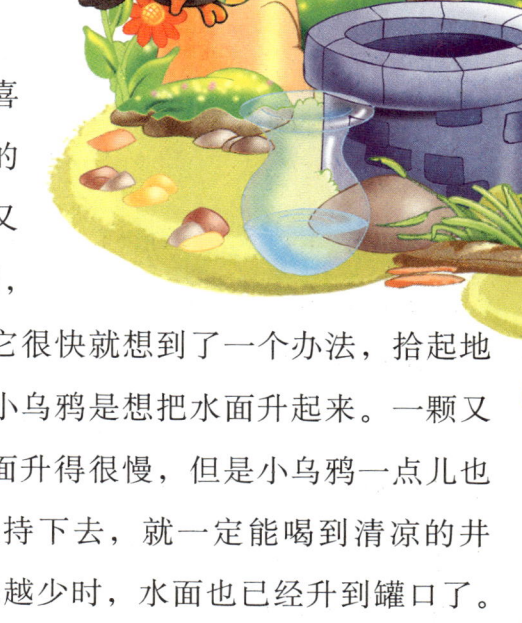

最后，它在一口井边惊喜地看到了一只盛着一些水的瓦罐。但水太浅了，罐口又太小了，看着有水却喝不到，小乌鸦有些心急了。不过，它很快就想到了一个办法，拾起地上的小石子朝瓦罐里丢去，小乌鸦是想把水面升起来。一颗又一颗，一下又一下，虽然水面升得很慢，但是小乌鸦一点儿也不泄气，它相信只要自己坚持下去，就一定能喝到清凉的井水。果然，当周围的石子越来越少时，水面也已经升到罐口了。小乌鸦埋下头，痛痛快快地喝了个饱，朝着远方继续飞去了。

小羊过桥

　　小河的水流又深又湍急,只有高大壮实的黄牛才敢趟水过去。于是,大伙儿在小河上架了一座独木桥。这下,小动物们出去玩可就方便多了。

　　一天,有一只小黑羊要到河对面吃草。它真的是饿极了,本来妈妈说好中午就从外婆家回来,给它带好吃的,可太阳都要下山了,也没见妈妈的影子。只见小黑羊气冲冲地走着,头也不抬地冲到了独木桥上。"哎哟!"小黑羊痛得叫了起来,原来,它和另一只小白羊撞上了。它们彼此的羊角差点插进对方的眼睛,两只小羊都捂着脸叫起来。

"你怎么搞的呀？走路不长眼睛吗？"小黑羊气势汹汹地说道。"我没长眼睛？我看你才没长眼睛呢！我在你对面走，你没看到吗？"小白羊不客气地回敬道。"你既然看到我了，怎么不赶紧让开呢？还硬撞上来。你不知道会痛吗？快让开！"两只羊就这样吵了起来，越吵越凶，简直到了不可收拾的地步。直到它们累得再也没有力气说话时，争吵才终于停了下来。"懒得跟你一般见识，快退回去，我要过桥！"小白羊休息够了，又说道。"凭什么要我退呀。应该你退，是我先上桥的。"小黑羊做出决不退让的样子。

于是，两只小羊又闹了起来，还互相用犄角顶住对方。它们俩"哼哈哼哈"的，似乎都使出了吃奶的力气，非要把对方推到桥那头去。它们干活的时候可没有这么卖力呢。它们你推我挤，谁也不让谁，只听"扑通"一声，两只小羊都掉进了河里。

龟兔赛跑

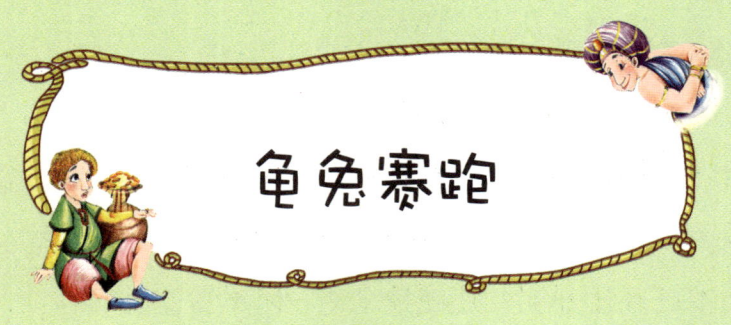

兔子长了四条腿,跑得可快了,像风一样。乌龟也长了四条腿,可是,它爬得特别慢。

有一天,兔子碰见乌龟,笑眯眯地说:"乌龟,乌龟,咱们来赛跑好吗?"乌龟知道兔子在戏弄它,就瞪着一双小眼睛,不理也不睬。兔子知道乌龟不敢跟它赛跑,乐得摆着耳朵直蹦。乌龟脸红了,说:"虽然你的腿比我的长,可要是真的比赛跑步的话,我一定会赢你的。"兔子听了,笑得弯下了腰,说:"好啊,那我们明天就来比赛吧。你能赢我?除非太阳从

西边出来。"

第二天,兔子和乌龟开始比赛了。它们约定从大树边出发,谁先跑到对面山坡上的那棵大树下,就算谁赢。比赛一开始兔子撒腿就跑,跑得真快,一会儿就跑得很远了。它回头一看,乌龟才爬了一小段路呢。

兔子得意极了,心想:"乌龟敢跟兔子赛跑,真是天大的笑话!我呀,在这儿睡上一大觉,等它爬到这儿,不,让它爬到前面去吧,我三蹦两跳就能追上它。胜利准是我的!"想着,兔子把身子往地上一歪,合上眼皮,真的睡着了。

我们再来看看乌龟,它爬得实在是太慢了,可是它一个劲儿地爬,等爬到兔子身边,已经累坏了。看到兔子在睡觉,尽管它也想休息一会儿,可它知道只有坚持爬下去才有可能赢。于是,乌龟不停地往前爬啊爬,一口气也不歇。终于,离终点越来越近了,只差几十步了,十几步了,几步了……到了!可是这个时候,兔子还在睡大觉呢!等它醒来后,乌龟早已爬到了大树下,想追已经晚了。乌龟就这样胜利了。

牧羊女与扫烟囱工

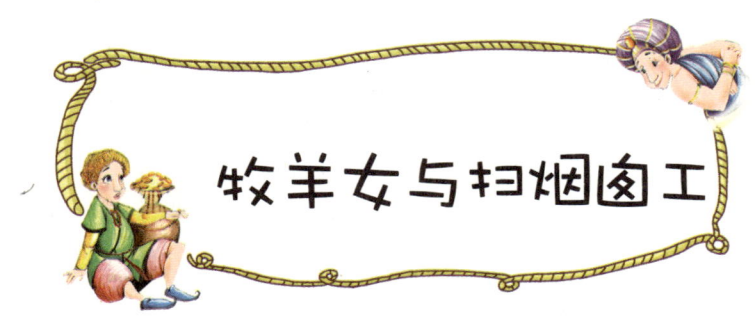

在一间古老的大房子里,有一个古老的木橱,木橱的正中央刻着一个神气的将军,他长着八字胡和两条公羊腿,大家叫他公羊将军。他站在那儿老是瞅着镜子下面的那张桌子。因为桌子上放着一个可爱的瓷做的小牧羊女,她穿着一双镀金的鞋子,她的长衣服上用一朵红玫瑰花扎起来,显得很时髦。此外,她还带了顶金帽子,手里拿着牧羊鞭,真是一副楚楚动人的模样。她身旁站着一个小小的扫烟囱的人,他像炭一样黑,但也是瓷做的,他的干净整洁赛过任何人。

　　他和牧羊女在一起已经很久了,他们订婚了,因为他们两个很合适:都是年轻人,都是用瓷做的,而且都一样地脆弱。

　　离他们不远还站着一个人,比他们要大三倍,是被人们称为老人家的瓷人,他是最年长的。他最大的特点就是一刻不停地点头。他自称是牧羊女的爷爷,并在今天同意了公羊将军向牧羊女的求婚。理由很简单,公羊将军是用最好的橡木雕刻成的,而且木橱里有许多金银财宝。再说,他是爷爷,此事应该由他说了算。

　　牧羊女不同意,她怎么愿意整天呆在漆黑的木橱里呢?她只好把希望寄托在扫烟囱的年轻人身上,因为这个年轻人才是她心里真正喜欢的人。公羊将军听说老人家同意了这门婚事,高兴地睡了。爷爷呢?也像往常一样,早早地睡了。这不是绝好的机会吗?牧羊女拉着年轻人就跑,可从哪儿逃走呢?

　　年轻人说:"这样吧,我们钻进炉子,从烟囱里逃走,这条路我很熟,他们谁也找不到我们。不过,你可一定要勇敢。"

这时,爷爷和公羊将军被吵醒了,见他们要逃走,便大喊起来。牧羊女跟着年轻人迅速钻进烟囱。好黑呀,什么也看不清,她拉着年轻人的手,心里怦怦直跳。

突然,她听到"哐当"一声,好像房间里什么东西摔破了。她顾不上看这些,跟着年轻人,慢慢爬到了烟囱的顶上。

啊!外面真美,空气真新鲜。天空挂满了星星,还有一弯月亮呢!城里所有的屋顶鳞次栉比地列在他们脚下,他们朝四周了望,可以看到世界极远的地方。

可怜的牧羊女从未想过世界竟如此之大,而此时的世界又太安静了,牧羊女第一次感到孤独。于是,她依偎着扫烟囱人,

伤心地哭了起来,她想重新回到镜子下面的那张桌子上去。

爱她的年轻人只好带着她又返回房间。当他们打开炉门,往房间里一看,不禁吓呆了。

原来,老人家在追他们时摔倒了,摔成了三瓣躺在地上。

牧羊女哭了,"都是因为我,都是我的过错,老人家才弄成这个样子的。""他可以补好,可以完全修补好的。"扫烟囱的年轻人又开始安慰牧羊女。

后来,他真的被补好了,只是脖子上钉了一颗大钉子,再也不能点头了。

得知牧羊女回来了,公羊将军又来问老人家能不能娶牧羊女为妻?牧羊女和扫烟囱的人望着老人家,样子很可怜,因为他们怕他点头答应。但是受过伤的老人家现在不能点头了。于是,这一对瓷人终成眷属,并且相亲相爱,直到破碎为止。

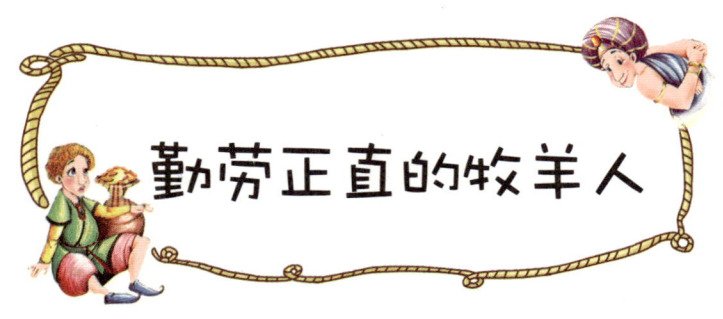

勤劳正直的牧羊人

很久以前，在遥远的北方生活着一个正直的牧羊人。他独自住在山林中，十分勤劳，靠自己的劳动过着幸福的生活。有一天早上，他像往常一样正准备外出放羊，突然感到一阵头晕目眩，一下就倒在了地上。从那以后，他就生病了，在家里躺了很久，病也没有好。

山林中住着一些整日为非作歹的妖怪，他们看到牧羊人卧病在床，就决定利用这个机会，拉他入伙，一起干坏事。

一天，妖怪头子装扮成一个漂亮的姑娘，来到牧羊人的身边。她羞涩地对牧羊人说："可怜可怜我吧，我是一个孤苦伶仃的可怜人，你愿意收留我一起生活吗？"

"你最好还是闭嘴吧！"牧羊人对姑娘怒吼道，"你以为我不知道你是谁吗？你这个可恶的妖怪，竟然变成一个姑娘来骗我！我怎么会上你的当呢？"

妖怪头子看到自己变成姑娘的诡计被识破了，非常生气。他想了一会儿说："好吧，既然你知道我是谁了，那么我为什么来找你，你也一定知道。如果你愿意入伙，跟我们一起，我保证你的病马上会好起来的。"

牧羊人冷笑着说："收起你的好心吧，你们这群没有心肝的妖怪，没有干过一件好事，坏事却被你们做尽了。我就是死了，也不会跟你们一起，成为你们的同党。"说完，他拿过一件毛衣，盖在了自己的头上，不再看妖怪头子变成的漂亮姑娘一眼。

妖怪头子见牧羊人意志这样坚定，气得脸色发绿，觉得自己再呆下去也没有任何意义了，就变回了原形，恶狠狠地咒骂了牧羊人几句，狼狈地走了出去。

在牧羊人居住的那座山的另一边，住着一位憨厚老实的乡下人。他听见乡邻们议论说："山那边有一个牧羊人，那是一个正直的人，宁愿自己病死，也不愿意接受妖怪的'帮助'。"

憨厚的乡下人被感动了，于是决定去山那边照顾生病的牧羊人。

不久，乡下人来到了牧羊人居住的山林，找到了牧羊人。他急忙走近牧羊人，热情地张开双臂拥抱他。

牧羊人心中立刻觉得一阵温暖，像一股暖流流过心间。他像看到了亲人，笑着问乡下人："我的亲人啊！你从哪里来？为什么要来我这里？"乡下人笑着说："我住在山的那边，我听说你病了，需要人照顾，于是就赶到这里！"牧羊人奇怪地问："是什么让你做出这样的决定的呢？"

乡下人不假思索地回答:"我听说你为人正直,宁愿病死也不愿意接受妖怪的'帮助',和他们一起做坏事。假如你不嫌弃我,我愿意住在你这里,做你的朋友,好好照顾你,用我们自己的双手创造美好生活!"

牧羊人听了乡下人的话深受感动,他说:"我当然愿意和你共同生活。能有你这样一位朋友,我感到非常荣幸。我有一群羊,以后咱们就一起放羊吧!"说完,牧羊人紧紧地拥抱着乡下人。

在乡下人的细心照顾下,牧羊人的病很快就好了,变得和以前一样强壮有力。

从此,这两个善良、勤劳、勇敢的人凭借自己的双手过上了幸福美满的生活。他们虽然不是很富裕,但是内心却充满了快乐。

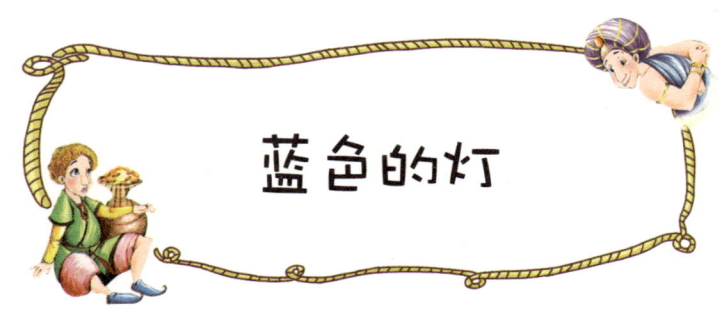

蓝色的灯

从前有一个士兵,他为国王打了许多胜仗,到退役时,国王却什么也没有给他,一无所有的士兵只好四处流浪。

一天傍晚,他来到树林深处的一幢小房子前,房子里住着一个巫婆。巫婆对士兵说:"只要你肯听我的话,我就可以收留你,给你吃喝。"士兵毫不犹豫地答应了。

第二天,巫婆让士兵帮她松园子里的土。士兵干了整整一天,都没有把土松完。

巫婆很不满意,但她还是愿意继续收留士兵一个晚上,她要士兵第二天给她劈一大捆柴。

第三天,虽然士兵很努力,但还是没有完成巫婆交给他的工作。巫婆提出可以再收留士兵一夜,不过要他明天到屋子后面的井底捞一盏发着蓝光的灯。

第四天一大早,巫婆领着士兵来到井边,用筐子把他放到了井底。士兵找到了那盏发蓝光的灯,示意巫婆把他拉上去。

谁知快到井口的时候,巫婆却想伸手把蓝灯夺走。士兵发觉她没安好心,就冲她说:"不,我现在不能把灯给你,我要先上去。"巫婆一听,火冒三丈,把士兵扔回井里,自己转身走了。

可怜的士兵掉在井底,手里拿着这盏发着蓝光的灯。坐了一会儿,士兵感到有些无聊,就把手伸进口袋,摸出了他的烟斗,对着灯点燃了烟,他想在死前最后享受一下。

突然，一个皮肤黝黑的小小人出现在他的面前，问："主人，您有什么吩咐？"

"你是谁？"士兵问道。

"我是您忠实的仆人哪！"小小人回答。

"这样啊？我想离开这里。"士兵说。小小人于是带着士兵走进一条秘密通道，那里堆满了巫婆藏的金子。士兵顺手拿了一些，然后回到了地面。

巫婆看到士兵出现在自己面前，赶紧逃跑了。小小人告诉士兵，只要他用蓝色的灯点燃烟斗，自己就会来到他的面前。

士兵再次回到了他原来居住的城市，因为他有从秘密通道里拿的金子，所以成了一个人人羡慕的富商。

这时，他想起自己对国王忠心耿耿，国王却对自己那么刻薄，决定为自己不公平的待遇惩罚国王。

士兵用蓝色的灯点燃了烟斗，对小小人说："今晚你把公主给我带来，我要让她做我的仆人。"

晚上，小小人果真把公主带来了。士兵吩咐公主做了很多粗重的活，直到天亮的时候，才把公主送走。

第二天早上,公主对国王说:"尊敬的父王,我做了一个梦,梦见我被带到一个士兵家里,做了一晚上的苦工。我现在还浑身酸痛呢。"

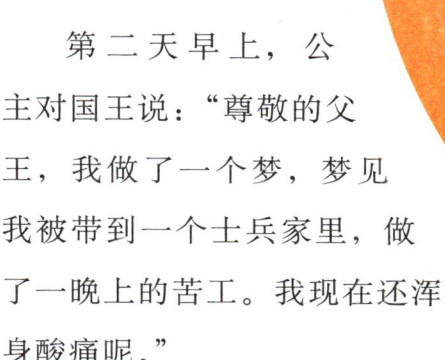

国王想了想,说:"也许这不是梦,你今天晚上在口袋里装满豌豆,如果有人带你走,你就沿途偷偷撒上豌豆。这样我们就知道你去了哪里,究竟是不是在做梦。"国王在说这番话的时候,小小人正隐身站在旁边,一切都听得清清楚楚。

晚上,士兵又吩咐小小人背来了公主,公主在沿途撒了豌豆。可国王派人去找豌豆时,却什么线索也没有,因为小小人趁着夜色在全城撒满了豌豆。

国王知道事情不简单,就对公主说:"你偷偷地把你的鞋藏在那个人的床底,我会找出那个大胆的家伙的。"小小人立即把这个消息告诉了士兵。

没多久，全城大搜查就开始了。国王的人在士兵的床下搜出了公主的鞋，然后抓走了士兵，要砍他的头。

临刑前，国王问士兵还有什么要求，士兵说："我想用我那盏发蓝光的灯再抽一袋烟。"

国王说："好，反正你就要死了，随你便吧！"士兵对着发蓝光的灯点燃了烟斗，小小人马上出现了，问士兵有什么吩咐。

士兵吐出一口烟，说："替我好好地教训这帮无礼的家伙，尤其是国王！"

小小人冲上前去，用魔法将国王和他的士兵打得落花流水。国王赶忙求饶，并答应把王国交给士兵管理。后来，士兵和公主结了婚，因为他们早已相爱了。

牧鹅女

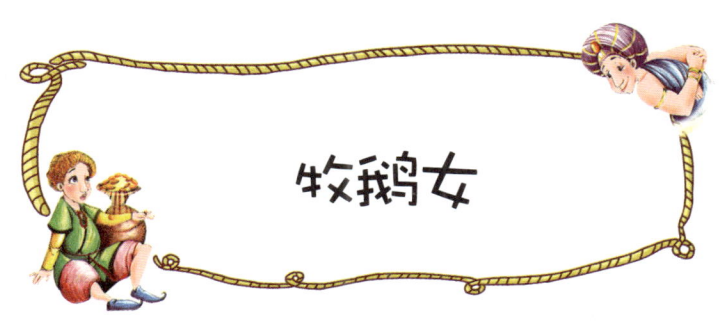

从前，有一个脾气古怪的老太婆，她和女儿养了一群鹅。她们住在大山里，四周环绕着一片大森林。一天早晨，一个英俊的少年在林中漫步，发现一个老太婆坐在路边休息。老太婆身旁放着一大捆草，还有两个装满了野梨和苹果的篮子。

少年问："你怎么能搬动这么多东西呢？""我不搬不行啊，有钱人家的少爷不用干这些活儿，可是，我们穷人家必须这样做才能维持生活啊。"她回答道。老太婆见少年站着没走，便问道："你愿意帮帮我吗？"少年对老太婆充满了同情心，便说："虽然我的父亲是一位富有的伯爵，但是为了让你看看并不是只有穷人才能干重活，我愿意帮你把这些东西背回去。"

老太婆听了高兴极了，马上把草放在少年的背上，又把两个篮子挎在他的手臂上。走了很久，少年累得受不了了，两膝不停地打颤，而老太婆却用树枝和麻秆抽打他的腿，甚至跳到那捆草上，让少年背着她一起走。

少年就这么气喘吁吁地爬上了山，终于到了老太婆的家。那些鹅一看见老太婆，便"嘎嘎嘎"地叫着朝她跑了过来。一个姑娘跟在那群鹅的后面，她美丽得就像仙女。她朝老太婆喊："妈妈，怎么啦，你怎么才回来？"

老太婆回答说："没什么，我的女儿。"接着，她取下少年身上的东西，和蔼地对他说："我现在就把你应得的报酬付给你。"

她把一个小匣子交到少年手中，说："好好儿保管它，它会给你带来幸福的。"少年谢过老太婆，朝山下走去，身后传来鹅群阵阵欢快的叫声。

少年来到一个陌生的地方，因为没有人认识他，人们便把他带到了王宫。少年

见国王和他的王后端坐在高高的宝座上，于是单膝跪地，从口袋里掏出小匣子，将它作为礼物呈送给王后。王后打开小匣子，十分吃惊，她让所有的人退下，她要和少年单独谈谈。

众人退下之后，王后伤心地哭了起来，她对少年讲起了自己的三个女儿："因为误会，国王把自己的王国分给了两个大女儿，却把小女儿赶进荒野的大森林里。临走时，我给了她这颗绿宝石。现在，我一看见盒子里的绿宝石，就想起了我那可怜的女儿。你是怎么得到这颗绿宝石的？"少年告诉王后，自己是从一个老太婆那儿得到的。国王和王后决定去寻找那个老太婆，打听小公主的下落。他们带着少年一起出了王宫，穿过草地，急匆匆地朝森林走去。

走啊走啊，他们终于看见了那座小屋。屋外的院子里养着一群白鹅，那个老太婆正在屋里纺线，里面虽然简陋，却打扫得干干净净。

他们轻轻地敲了敲窗户，老太婆站了起来，说："进来吧，我早就知道你们会来的。"于是，他们走了进去。

老太婆说："三年前，你们把自己善良的孩子赶出了家门。这三年来，她在我这里放鹅，小小的心灵并没受到伤害，

倒是你们得到了应有的惩罚。"说完,她走到另一扇门前,大声说:"出来吧,我的女儿。"

这时,那位姑娘从里面走了出来,美丽的双眼中饱含着晶莹的泪花。她朝自己的父母走去,搂住他们不停地亲吻。

姑娘看见站在国王和王后身旁的英俊少年,她的脸儿红得就像原野上羞答答的玫瑰。"我要把这间小屋留给公主,作为她在这儿放鹅的报酬。"话音刚落,老太婆便在他们面前消失了。

这时,他们听见一阵奇怪的声音,抬头一看,小屋已经变成了一座华丽的宫殿。于是,少年和美丽的公主就在这里住了下来。当然,还有公主放牧的那些可爱的大白鹅。